Wolf Littmann

Mord am Mittag

ODER

DER FALL SAMEK WITOS

Bleicher Verlag

Die Deutsche Bibliothek – CIP -Einheitsaufnahme

Littmann, Wolf:
Mord am Mittag oder Der Fall Samek Witos /
Wolf Littmann. – Gerlingen : Bleicher, 2000
ISBN 3-88350-745-6

Lektorat: Jens Dittmar, Gerlingen
Umschlag: Buchgestaltung Reichert, Stuttgart
Herstellung: Maisch + Queck, Gerlingen
ISBN 3-88350-745-8

Vorwort

Der »Fall Samek Witos«, alias Jerzy Casjan, beruht auf einer wahren Begebenheit. Sie geschah am 15. April 1954 in Zürich und führte zu einem Mordprozess vor dem dortigen Obergericht, dessen Vorbereitungen und die damit verbundenen Untersuchungen und Einvernahmen anderthalb Jahre dauerten.

Die Recherchen für diesen Tatsachenroman stützen sich auf Aufzeichnungen des 1984 verstorbenen Schriftstellers Edzard Schaper, früher wohnhaft in Brig/Wallis, der mir diese zur freien Verwertung überlassen hat. Ferner stellte mir die »Neue Zürcher Zeitung« die 1954/55 dort veröffentlichten Artikel zur Vorgeschichte und zum Prozessverlauf dankenswerterweise und bereitwillig zur Verfügung.

Da die Aufbewahrungsdauer für Gerichtsakten in Zürich grundsätzlich 20 Jahre beträgt und diese dann vernichtet werden, konnte das Obergericht des Kantons Zürich mir nicht behilflich sein. Dessen ungeachtet ließ der stellvertretende Generalsekretär, Dr. Zimmermann, mich wissen: »Selbst wenn noch Akten vorhanden wären, könnte Ihnen nur dann Einsicht gewährt werden, wenn ein wissenschaftliches Interesse eine solche Einsicht rechtfertigen würde.«

Augenzeugen oder Prozessbeteiligte waren leider nicht mehr zu ermitteln. Deshalb wurden die Namen der handelnden Personen – ausgenommen der des Mörders, seines Opfers und einiger ihrer Freunde aus den Nachkriegsjahren 1945/46 – frei gewählt oder verfremdet.

Wolf Littmann

I.

Der 15. April des Jahres 1954 war ein föhnigwarmer Donnerstag. Vom Bürkliplatz aus, in den die Bahnhofstraße mündet, konnte man deutlich die fernen Hochalpen am anderen Ende des Zürichsees erkennen. Wer es nicht allzu eilig hatte, erreichte die Freiestraße von hier in knapp einer Viertelstunde, wenn er den Weg zu Fuß über die Quaibrücke zum Bellevueplatz und dann durch die Rämistraße zum Universitätsviertel hinauf nahm. Etwas länger dauerte die Strecke über die Kreuzbühl- und Klosbachstraße.

Die Turmuhr des Großmünsters über dem rechten Ufer der Limmat hatte vor knapp einer halben Stunde die Mittagszeit eingeläutet, als in der menschenleeren Freiestraße aus dem zweistöckigen Mietshaus mit der Nummer 84 ein Mann trat, ohne sonderliche Eile zu seinem Cadillac ging und einstieg. Ehe er noch den Zündschlüssel umdrehen konnte, löste sich die Gestalt eines zweiten Mannes, der bis dahin wie mit einem Steinpfosten im Gartengitter des Nachbarhauses verwachsen dagestanden hatte, von ihrem Standort, eilte zu dem geparkten Auto, zog eine Pistole aus der Tasche und feuerte auf den hinter dem Lenkrad Sitzenden mehrere Schüsse ab, unter denen der Getroffene zusammensank. Dann ging der Schütze in aller Ruhe die wenigen Meter bis zur Zürichbergstraße, winkte einem Taxi und nannte als Fahrtziel die Polizei-Hauptwache. Der Chauffeur erklärte bei seiner späteren Einvernahme, dass sich sein Fahrgast völlig unauffällig und ruhig verhalten und ihn vor dem Portal des Amtsgebäudes, ein Trinkgeld inbegriffen, entlohnt hatte. Danach betrat der gut Dreißigjährige den Sitz der Polizeibehörde, klopfte an eine der vielen Türen, trat ohne eine Antwort abzuwarten ein und ging an den breiten Tresen, hinter dem ein paar an diesem föhnigen Frühlingstag mittagsmatte Beamte an mehreren Tischen saßen. Er wartete nicht, bis man ihn nach seinem Anliegen fragte, legte die Pistole vom Kaliber 7,65 Millimeter auf den Tisch und erklärte in fast einwandfreiem Deutsch, dass er »um der Gerechtigkeit willen« in der Freiestraße soeben den Janek Klaymann habe töten müssen. Dort werde man die Leiche hinter dem Lenkrad eines Cadillac finden.

Der Beamte richtete seinen Blick zuerst auf die Pistole, dann auf das ovale Gesicht des Mannes, der mit keiner Wimper zuckte und auf eine Frage des Polizisten zu warten schien.

»Sie heißen?«

»Jerzy Casjan.«

»Können Sie sich ausweisen?«

Jerzy Casjan griff ohne Eile in die Innentasche seines schon etwas abgetragenen Blazers, zog einen Pass heraus und reichte ihn über die hölzerne Barriere.

Der Beamte blätterte in dem Dokument und schaute zwischendurch den Pistolenschützen an, der reglos dastand.

»Sind Sie Pole?«, fragte der Polizist.

»Jetzt nicht mehr. Israeli«, antwortete Jerzy Casjan stockend und senkte den Blick. »Aber das ist eine sehr, sehr lange Geschichte.«

Der Polizist schaute sich ratlos um und befürchtete ein Verhör, das sich bis in die späten Abendstunden, wenn nicht noch länger, hinziehen konnte. Gopfertäckel, dachte er, morgen ist Karfreitag, und ich will doch mit der Familie zu meinen Bruder ins Tessin. Als er hinter sich ein Räuspern hörte, drehte er sich um:

»Detektiv Meyer, übernehmen Sie die Angelegenheit. Ich muss zum Tatort.«

Das Überfallkommando hatte den Ort des Geschehens bereits weiträumig abgesperrt, eine Maßnahme, die übertrieben schien, denn Passanten waren um diese Mittagsstunde weit und breit nicht zu sehen. Lediglich aus zwei, drei Fenstern der Häuser auf der gegenüberliegenden Straßenseite schauten ein paar Bewohner zu dem Notarzt hinunter, der darüber wachte, dass die Sanitäter den von mehreren Kugeln Getroffenen vorsichtig auf die Krankenbahre legten. Der Beamte aus der Polizei-Hauptwache war inzwischen am Tatort eingetroffen und ließ sich vom Protest des Arztes nicht beeindrucken, als er Janek Klaymanns Ausweispapiere aus dessen Jackentasche zog. Erstaunt hob er die Augenbrauen, während er die Angaben zur Person las: Geboren 1921 in Luzk, Polen, mosaischen Glaubens, von Beruf Kaufmann, polnischer und zugleich israelischer Staatsbürger. Bis auf das Geburtsdatum deckten sich diese Eintragungen mit denen im Pass des Jerzy Casjan, und der Kriminalbeamte warf einen Blick auf den Schwerverletzten. Dann zwängte er sich neben den Notarzt ins Sanitätsauto, das mit hoher Geschwindigkeit zum nahen Universitätsspital fuhr. Auf dem Weg durch die Gänge ließ der Kriminalist das Opfer nicht aus den Augen und bremste die Bahre ab, als er Klaymanns Lider flattern und die Lippen zucken sah. Er beug-

te sich über ihn, das rechte Ohr nahe am Mund des stöhnend Leidenden und fragte:
»Warum hat man auf Sie geschossen?«
»Erpressung«, brachte Klaymann kaum hörbar hervor, für den Beamten trotzdem vernehmbar genug, doch bevor er weitere Fragen stellen konnte, riss ihn der Notarzt zurück, denn der Verletzte hatte die Augen geschlossen, den Kopf zur Seite geneigt und zu atmen aufgehört.
»Exitus«, sagte der Arzt, und der Beamte drehte sich wortlos um und ging durch die langen Flure zum Hauptausgang der Klinik. Er hatte kaum den Fuß auf den Bürgersteig gesetzt, als ein Reporter der »Neuen Zürcher Zeitung« atemlos auf ihn zugerannt kam und keuchend Näheres wissen wollte. Mit knappen Worten klärte er ihn auf und bezweifelte, dass die wenigen bisher vorliegenden Fakten für eine Meldung oder gar einen Artikel ausreichten. Das solle er nur seine Sache sein lassen, bekam er zur Antwort, und der Polizeibeamte hütete sich zu widersprechen, da er um den Einfluss des weit über die eidgenössischen Grenzen hinaus bekannten und geschätzten Blattes nur zu gut wusste. Es war nicht ratsam, sich den Zeitungsleuten zu verweigern, und so vertröstete er den Reporter auf die sicher in den nächsten Tagen stattfindende Pressekonferenz der Polizeidirektion. Sollte er inzwischen jedoch irgendwelche Einzelheiten erfahren, werde er sie ihm, um des guten Einvernehmens willen, sofort mitteilen. Dann schlenderte er die Rämistraße bis zum Bellevueplatz hinunter, bog nach links in den Utoquai ein, setzte sich nach wenigen Metern auf eine der Bänke am Seeufer und schaute zum Uetliberg auf der anderen Seite hinüber. Wie im Urlaub, dachte er, und plötzlich fiel ihm der geplante Osterbesuch bei seinem Bruder in

der Nähe von Lugano wieder ein. Bei Detektiv Meyer ist die Angelegenheit in besten Händen, war er überzeugt, da werde er nicht gebraucht, und mit einem Mal freute er sich auf die Fahrt über den St. Gotthard.

Rechtsanwalt Beat Studer hatte am späten Nachmittag seine Kanzlei am Talacker verlassen und war – froh, dass ein paar freie Tage vor ihm lagen – zum Paradeplatz geschlendert. Dort kaufte er am Kiosk die Abendausgabe der »Neuen Zürcher Zeitung« und ging die wenigen Schritte zum Café Sprüngli in der Bahnhofstraße, wo ihn die junge Bedienung wie einen alten Bekannten begrüßte. Wie immer? wollte sie wissen, und Studer nickte, während er sich an einen der wenigen freien Tische setzte. Er lehnte sich zurück, blätterte in der Zeitung, überflog nur kurz die letzte Meldung über den Krieg in Vietnam und die Schlacht um den französischen Stützpunkt Dien Bien Phu, betrachtete das Foto des Atomphysikers Robert J. Oppenheimer, der von allen weiteren Bombenprojekten der USA ausgeschlossen worden war, bis sein Blick auf die an auffälliger Stelle eingerückte Notiz über den Mord zur Mittagsstunde fiel. Er war von der Meldung über die tödlichen Schüsse Casjans auf Klaymann, deren Namen darauf schließen lassen konnten, dass es sich bei den beiden ehemaligen Osteuropäern um Juden handelte, dermaßen fasziniert, dass er die Zeitung auf die Marmortischplatte warf, aufstand und an der Bedienung, die gerade den bestellten doppelten Espresso brachte, vorbei zum Kuchenbüfett eilte. Natürlich könne er gern telefonieren, wurde ihm bedeutet, und er zwängte sich in die enge Zelle, nahm den Hörer ab und wählte die Nummer des Bezirksstaatsanwalts.

»Doktor Spörri hat das Haus schon verlassen«, vernahm er zu seinem Bedauern, »aber Sie können ihn ja zu Hause anrufen.«
Studer bedankte sich, fingerte nach seinem Notizbuch, hob den Kopf, schaute dabei durch das schmale Fenster in der Zellentür und sah, wie in diesem Moment der Staatsanwalt das Café Sprüngli betrat.
»Welch ein Zufall«, begrüßte er ihn, »du kommst mir gerade recht, setz dich zu mir.«
Spörri und Studer kannten sich seit ihrer gemeinsamen Militärzeit, sie waren beide Mitglieder der Schweizerischen Offiziersgesellschaft, was sich für ihr berufliches Fortkommen als äußerst nützlich erwiesen hatte.
»Für mich auch einen Espresso, bitte, aber einen einfachen«, bestellte der Staatsanwalt und wandte sich dann Studer zu. »Was gibt's so Dringendes, Beat?« fragte er und zog die Zeitung zu sich heran, die Studer ihm zugeschoben hatte.
»Kenne die Geschichte«, kam er dem jungen Rechtsanwalt zuvor, »eine scheußliche Angelegenheit, kann einem das ganze Osterfest verderben.«
»Bist du für den Fall zuständig?«
»Leider, mein Lieber, die Feiertage fallen für mich ja nun wohl ins Wasser.«
Beat Studer musste lächeln, denn er kannte Spörri gut genug und wusste von dessen ausgeprägter Karrieresucht. Wenn der ehrgeizige Jurist sich in einen Fall verbiss, was bei Tötungsdelikten ganz besonders nachdrücklich geschah, dann spielten Zeit, freie Wochenenden und selbst Urlaub für ihn keine Rolle. Er beschäftigte sich mit den Akten und Vernehmungsprotokollen in einer Art und Weise, die von Kollegen manchmal schon als Besessen-

heit angesehen wurde, aber schließlich mussten sie doch anerkennen, dass seine daraus resultierenden Plädoyers von einer Geschliffenheit und kaum zu widerlegenden Beweisführung waren, die ihresgleichen suchten.
»Weißt du schon Einzelheiten?«
»Nicht mehr, als mir Detektiv Meyer am Telefon geschildert hat. Das ist zwar nicht sehr viel, aber die Sachlage ist wohl klar.«
Der junge Anwalt schüttelte den Kopf: »Mir nicht.«
»Und wieso?« Spörris Stimme klang leicht gereizt, als ärgerte er sich darüber, dass seine Feststellung angezweifelt wurde.
»In der Zeitung heißt es doch, Klaymann habe vor seinem Tod noch das Wort ›Erpressung‹ geflüstert. Wer hat denn nun wen erpresst? Casjan den Klaymann oder umgekehrt?«
»Was soll das heißen?«, wollte der Bezirksstaatsanwalt wissen.
»Wenn Casjan sein Opfer erpresst hat, warum sollte er es dann umbringen?«
»Es muss ja nicht nur um Geld gegangen sein«, gab Spörri zu bedenken, »vielleicht steckt pure Eifersucht dahinter.
»Aber das sind doch reine Vermutungen«, wehrte der Staatsanwalt ab und verfiel in Schweigen. Auch Studer blieb still, und er konnte den Gedanken nicht loswerden, dass es in diesem Mordfall um mehr als Geld oder die Rivalität zweier Männer um eine Frau ging. Zwar hatte er noch nichts Greifbares, aber er wurde das Gefühl nicht los, dass mehr hinter dieser Sache steckte.
»Hat Casjan schon einen Verteidiger?«, fragte der Rechtsanwalt.
Spörri schüttelte den Kopf, nahm einen Schluck von sei-

nem Espresso, stellte die kleine braune Tasse zurück auf die Tischplatte und blickte sein Gegenüber erwartungsvoll an.

»Mich würde der Fall interessieren«, sagte Studer.

»Meinst du, der Mörder kann dich bezahlen?«

»Und wenn du mich von Amts wegen dazu bestellst?«

Der Staatsanwalt dachte eine Weile nach und fand keine Erklärung für Studers Interesse an dieser Mordsache, wie er sich auch darüber wunderte, dass die Honorarfrage keine Rolle zu spielen schien.

»Weshalb bist du so erpicht auf diese Geschichte?«, wollte er schließlich wissen und beugte sich gespannt nach vorn.

»Wir gehen doch davon aus, dass es sich bei Opfer und Täter um Juden handelt ...«

»Handelt es sich«, unterbrach Spörri die Vermutung des jungen Anwalts, »aber was spielt das für eine Rolle?«

»Nach meiner Meinung eine sehr wichtige. Für Juden gilt ganz allgemein der Grundsatz: E Jid schießt nicht auf e Jid.«

»Und woher weißt du das?«

Bezirksstaatsanwalt Spörri lernte jetzt eine Seite im Leben Studers kennen, über die während der gemeinsamen jährlichen militärischen Übungen oder bei anderen Anlässen nie gesprochen worden war. Er hatte kaum zu studieren begonnen, als der angehende Rechtsanwalt an einer schweren Lungentuberkulose erkrankte und sich lange Zeit zu einer Kur in Davos aufhalten musste. Dort war er einem jungen Juden begegnet, der an der gleichen Krankheit litt und Studers Interesse an jüdischer Geschichte und Judentum im Allgemeinen weckte. Dabei war es jedoch nicht geblieben: Er hatte es sich zum nicht gerade alltäglichen Zeitvertreib gemacht, Jiddisch zu lernen.

»Sag bloß«, staunte Spörri, und in seiner Stimme schwang so etwas wie Anerkennung mit. Wenn er es recht bedachte, war es vielleicht die beste Lösung, Studer zum Offizialverteidiger zu benennen, denn da der ermordete Klaymann neben seinem polnischen auch einen israelischen Pass besaß, war es nicht auszuschließen, vielmehr sogar anzunehmen, dass im Prozess Fragen auftauchten, die nur von jemanden beantwortet und erklärt werden konnten, der sich im Judentum auskannte. Dass Anwalt Studer mit seiner Verteidigungsstrategie ihm gegenüber dadurch im Vorteil sein könnte, kam Spörri in diesem Augenblick nicht in den Sinn.
»Gut«, sagte er nach einer Weile, »ich werde mit meinem Chef sprechen, vielleicht geht er auf dein Angebot ein.«

Während die beiden Juristen ihre Espressi bezahlten und sich trotz der Mordgeschichte mit allen guten Wünschen für geruhsame Osterfeiertage voneinander verabschiedeten, betrat Jerzy Casjan in Begleitung von Detektiv Meyer am 15. April 1954 spätnachmittags ruhig und völlig gefasst, ja mit einem gewissen Stolz in seiner Haltung und dem Gefühl, endlich Frieden mit sich zu haben, seine Zelle im Untersuchungsfängnis von Zürich. Im Beisein des zuständigen Haftrichters wiederholte er die bereits auf der Polizei-Hauptwache gemachten Angaben zur Person: Casjan, Jerzy, geboren 1921 in Luzk, Polen. Beruf: Kaufmann. Konfession: mosaisch; Wohnort: zurzeit Zürich.« In seiner Stimme war keinerlei Vibrieren, sie klang fest, und Jerzy bemühte sich, so gut er es in den Jahren seit Kriegsende gelernt hatte, deutsch zu sprechen.
»Und wo waren Sie vorher?«, fragte der Richter fast freundlich und blätterte in Casjans Reisepass.

»Auf Reisen. In Stettin, Berlin, Warschau, Rom, Wien, New York und danach wieder in Zürich.«
»Aber Sie waren auch in Israel?«
Über Jerzys Gesicht huschte ein gequältes Lächeln, während er zustimmend nickte, und der vernehmende Beamte ließ es dabei bewenden; er würde später darauf zurückkommen.
»Was war Ihr Vater? Welchen Beruf hatte er?«
»Er hat mit Fisch und Leder gehandelt, es war ein gutes Geschäft«, antwortete Jerzy und war sichtlich stolz auf den Kaufmann in Luzk, der zu den wohlhabendsten Geschäftsleuten gezählt hatte. Vater Nathan war ein angesehenes und einflussreiches Mitglied der dortigen großen jüdischen Gemeinde gewesen und hatte sich nie kleinlich gezeigt, wenn er vom Rabbiner um eine Spende gebeten wurde.
»Ein frommer Mann?«, wollte der Haftrichter wissen.
»Ja«, stimmte Casjan zu, »er war fromm, und danach richtete sich das Leben in unserem Haus. Der Schabbes wurde geheiligt und ...«
»Schabbes?«, unterbrach Detektiv Meyer.
»So sagt man zum Sabbat auf jiddisch«, wies der Richter den Polizisten zurück.
»Verzeihung«, entschuldigte sich Jerzy, »aber Jiddisch ist meine Muttersprache. Deutsch habe ich auf der Straße und nicht in der Schule gelernt, und das auch nicht sehr gut.«
»Wir verstehen Sie schon, Herr Casjan, reden Sie nur weiter.«
»Die Hohen Feiertage waren besonders schön. Es kamen viele Gäste, an Rosch Ha-Schana oder Jom Kippur zum Beispiel. Und erst an Chanukka«, geriet Jerzy fast ins

Schwärmen, »wenn die Kerzen der Menora angezündet wurden und Vater das Al Ha-Nissim vortrug ... das war unbeschreiblich.«
Detektiv Meyer verstand kein Wort; er war getauft, gehörte der Reformierten Kirche an und hatte sich kirchlich trauen lassen, aber vom Judentum verstand er nichts. Er wusste nur, dass es in Zürich viele Juden in einem von ihnen als Wohnquartier bevorzugten Stadtviertel gab, in dem auch eine Synagoge stand – das war aber auch alles. Der Haftrichter dagegen hatte die Worte des Tatverdächtigen mit einer gewissen Anteilnahme verfolgt, da ihm jüdisches Leben nicht ganz fremd war. Verschiedentlich hatten jüdische Freunde ihn und seine Frau zu ihren Festen, wie beispielsweise an Pessach oder Purim, eingeladen, und immer wieder war er darüber erstaunt gewesen, mit welcher Fröhlichkeit da gefeiert wurde. Aber dieses Erinnern war jetzt fehl am Platz: Schließlich saß da ein Mensch vor ihm, der einen anderen erschossen hatte, und dieses Verbrechen musste aufgeklärt werden.
»Was haben Sie gelernt, Herr Casjan?«, fragte der Richter und blickte Jerzy forschend, aber nicht unfreundlich an.
»Nichts, Herr Richter, nur die Schule in Luzk besucht.«
»Luzk war damals noch polnisch?«
»Ja, bis 1939; nach dem deutsch-sowjetischen Abkommen war es dann an die Sowjetunion gefallen.«
Der Haftrichter gab sich mit dieser Auskunft zufrieden, und Detektiv Meyer wurde langsam ungeduldig, da die Vernehmung nach seiner Meinung nicht zügig genug voranging, doch hütete er sich vor irgendwelcher Kritik.
»Woher kannten Sie Klaymann?«, wechselte der Haftrichter das Thema.

»Aus Luzk, wir haben dort beide zusammen einige Jahre lang die Schule besucht, Janek allerdings in einer anderen Klasse, denn er war vier Jahre jünger als ich.«

»Waren Sie mit ihm verfeindet, hatte er Ihnen etwas getan?«

Jerzy Casjan dachte kurz nach, wobei er die Augen schloss und gleichmäßig atmete. »Damals nicht, und später ...«, kam es zögernd, und dabei schaute er den Haftrichter etwas hilflos an.

»Bevor wir uns mit dem Tathergang und seiner Vorgeschichte beschäftigen, will ich noch etwas wissen. Waren Sie, äh, sind Sie religiös?«

»Ob ich an Gott glaube? Aber ja, von ganzem Herzen.«

Jerzy hatte alle Mühe, seine Entrüstung zu unterdrücken, was den vernehmenden Beamten nicht verborgen blieb.

»Ich wollte Sie nicht beleidigen«, sagte der Richter begütigend und meinte das in allem Ernst. »Doch lassen Sie uns wieder von Ihrer Jugendzeit sprechen. Wie war Ihr Verhältnis zu Klaymann?«

»Wir haben uns gelegentlich auf dem Schulhof getroffen oder am Sabbat in der Synagoge. Mehr war da nicht, und 1939, als noch Frieden war, da habe ich ihn zum letzten Mal gesehen. Dann ist er von einem auf den anderen Tag verschwunden.«

»Wissen Sie den Grund?«

Jerzy Casjan zuckte die Achseln, und plötzlich wurde ihm bewusst, dass er sich darüber nie Gedanken gemacht hatte, in der damaligen Zeit schon gar nicht. Seine Eltern und er mussten sich mit der neuen Lage zurechtfinden, die mit der Einverleibung seiner Heimatstadt Luzk in die Sowjetunion entstanden war. Dem Vater war es trotz erheblicher Geldsummen, die er dem Ortskommandanten angeboten hatte, nicht gelungen, seinen Sohn vom Dienst für die neuen Herren zu befreien. Jerzy wurde für die Militärkantine mobilisiert und musste dort die dreckigsten Arbeiten verrichten. Von Janek Klaymann gab es damals keinerlei Spur.

»Aber bis 1941, bis zum Kriegsbeginn also, durfte ich hin und wieder Vater und Mutter besuchen.« Jerzy kämpfte gegen die aufsteigenden Tränen und wischte sich mit dem Handrücken über die Augen, bevor er dem Richter schilderte, dass er die Eltern kurz nach Kriegsausbruch – es musste so gegen Ende Juni 1941 gewesen sein – noch ein einziges Mal gesehen hatte. Danach war seine Truppeneinheit nach Osten verlegt worden, immer tiefer und tiefer in die Sowjetunion hinein. »Aber was mir zuerst als das größte Unglück erschien ...«, Jerzy verstummte für einen Moment, »das ist in Wirklichkeit meine Rettung gewesen.«

»Wie das denn?«, fuhr Detektiv Meyer dazwischen und handelte sich einen tadelnden Blick des Haftrichters ein. Casjan presste die Handflächen gegeneinander, und seine Lippen begannen zu zittern. Er musste alle Kraft zusammennehmen, um weitersprechen zu können:

»Wir haben bald erfahren, dass die Deutschen alle Juden, die in Luzk lebten, umgebracht und in drei Massengräbern in den Wäldern vor der Stadt verscharrt hatten.« Die beiden Beamten starrten wortlos vor sich hin; sie erlebten zum ersten Mal, dass da ein Mensch vor ihnen saß, der dem Unglaublichen, dem millionenfachen Morden entgangen war. Sie ließen Jerzy Casjan Zeit, sich wieder zu beruhigen.

»Zuerst habe ich geglaubt«, fuhr der Dreiunddreißigjähige fort, »dass ich den Tod der 18000 Juden von Luzk, darunter meine Eltern, nicht ertragen könnte, und wollte mich umbringen. Aber ein junger Russe hat mich davon abgehalten, und dann habe ich endlich beschlossen, Soldat zu werden und gegen die Deutschen, die Mörder meines Vaters und meiner Mutter und aller Juden von Luzk, zu kämpfen.«

»In der sowjetischen Armee?«, wollte der Richter wissen.

»Nein, in der nationalpolnischen Armee des Generals Sikorski. Und da bin ich dann auch angenommen worden.« Jerzy Casjan versank wieder in Schweigen, und nach einer Weile hatte es den Anschein, als schämte er sich über irgendetwas, und auf seinen Wangen bildete sich eine leichte Röte.

Der Haftrichter beobachtete ihn aufmerksam, und als würde er es bemerken, hob Casjan den Kopf. »Vor dem Einkleiden mussten wir erst einmal in die Badestube, und da hat man mich als Beschnittenen, als Juden erkannt und mit Schimpf und Schande davongejagt.«

»Aber warum denn?«, fragte der Detektiv ungläubig.

»Weil man nur katholische Polen in der Truppe haben wollte«, erwiderte Jerzy, und in seiner Stimme schwang Verachtung mit. »Ja, und dann habe ich mir die Papiere eines Ungarn, der irgendwo in Sibirien verfault war, beschafft, und dieser Ungar hatte Jerzy Casjan geheißen.«

Der Haftrichter war zunächst sprachlos, und auch Detektiv Meyer schaute verdutzt den Untersuchungshäftling an, bis er schließlich fragte: »Und wie ist Ihr richtiger Name?«

»Samuel Witos, meine Eltern haben mich Samek genannt«, und nach einer kurzen Pause fügte er hinzu: »Aber ich habe mich an Jerzy Casjan so gewöhnt, dass ich meinen richtigen Namen fast vergessen habe.«

»Können Sie das beweisen?«
»Der israelische Pass, ausgestellt auf Samuel Witos, liegt in meinem Hotelzimmer, Herr Richter.«
»Und mit dem, ich nenne es mal so, gestohlenen Namen glaubten Sie, mehr Erfolg zu haben?«
Jerzy nickte heftig, musste jedoch zugeben, dass sein Versuch, mit den neuen Papieren doch noch Soldat zu werden, fehlgeschlagen war. Dann verstummte er, biss sich auf die Unterlippe und starrte zu dem Zellenfenster, durch dessen Gitterstäbe die letzten Strahlen der Abendsonne fielen.
»Wie ging es weiter?«, forschte der Haftrichter und blieb geduldig wie zuvor.
Auch nach so langen Jahren überzog Schamesröte Jerzys Gesicht, wenn er an das Ungeheuerliche dachte, das er damals getan hatte, und erst ein aufmunterndes, fast väterliches Lächeln des Richters gab ihm die Sprache wieder.
»Das Geständnis fällt mir nicht leicht, das dürfen Sie mir glauben«, sagte er leise und vermied es, die beiden Beamten anzusehen. »Als der neue Name und Ausweis nichts genützt hatten, da habe ich mir – ich, der orthodox erzogene Jude – eine Halskette mit einem christlichen Kreuz daran gekauft ... und mit dieser Tarnung bin ich endlich in die Armee aufgenommen worden.« Jerzy schwieg und schien erschöpft, als hätte er eine schwere Last kilometerweit auf seinen Schultern getragen.
Detektiv Meyer, der an die für den Abend mit einem Freund vereinbarte Verabredung dachte, ging die Einvernahme zu langsam, und er überlegte, wie man schneller vorankommen könnte. Doch er wollte den Haftrichter nicht verärgern und blieb deshalb still.

Es dauerte eine gute Minute, bis Jerzy zaudernd fortfuhr: »Der faule Zauber mit dem Christenkreuz dauerte nicht lange. Da man im Militär manchmal zeigen muss, was man sonst vor anderen Menschen verbirgt, bin ich eines Tages auf einem Transport doch wieder als Jude erkannt worden, und ich wurde kurzerhand aus dem fahrenden Zug geworfen.«

Obwohl der Haftrichter gemeinhin bei Vernehmungen kurze und klare Antworten der Verdächtigen erwartete und Gefühlsausbrüche von vornherein im Keim erstickte, war das an diesem Gründonnerstag anders: Da hatte er es mit einem Mann zu tun, der in seinen jungen Jahren ein Schicksal erleiden musste, wie es kaum vorstellbar war. Und entgegen seinen sonstigen Gepflogenheiten hatte er fast Mitleid mit dem Tatverdächtigen Jerzy Casjan, alias Samuel Witos, und ließ ihm für seine Schilderungen und Antworten ausreichend Zeit.

»Gott sei Dank habe ich mich bei dem Sturz nicht ernsthaft verletzt, weil der Zug nur langsam fuhr, nur ein paar Hautabschürfungen hat es gegeben. Und dann bin ich tagelang umhergeirrt und habe mich auf eigene Faust nach Samarkand durchgeschlagen.«

»Wo liegt das denn?«, unterbrach ihn der Richter.

»Das ist die Hauptstadt von Usbekistan«, erläuterte Jerzy, und Detektiv Meyer glaubte, eine gewisse Überheblichkeit aus der Erklärung herauszuhören. »Das ist in Mittelasien, und dort hat man mich dann in die russisch-polnische Armee Wassiliewsky eintreten lassen.«

Also hatte er einmal Glück gehabt, dachte der Haftrichter und konnte sich nicht erklären, warum er plötzlich so etwas wie Erleichterung empfand. Wenn es sich bei Jerzy Casjan – oder eigentlich Samuel Witos – auch um einen

Mörder handelte, wie er selbst gestanden hatte, konnte er ein gewisses Mitgefühl mit ihm nicht unterdrücken. Natürlich war das kein Grund, die verwerfliche Tat zu entschuldigen, und der Richter war sich auch nicht sicher, ob das Züricher Obergericht später bei seiner Urteilsfindung Casjans Vergangenheit berücksichtigen würde, denn schließlich hatte man es mit vorsätzlichem Mord zu tun.

»Ja«, fuhr Jerzy fort, »ich hatte Glück damals und außerdem zwei Ziele erreicht, denn ich konnte gegen die Deutschen, die Mörder meiner Eltern und aller Juden von Luzk, kämpfen und außerdem die Sowjetunion verlassen, die ich mittlerweile gründlich kennen gelernt hatte, das dürfen Sie mir glauben.«

Der Haftrichter und der Detektiv hatten mit ansehen müssen, wie Casjans Gesicht blass und immer blässer wurde, und sie konnten auch nicht überhören, dass seine Stimme zunehmend gepresster klang.

»Achtzehn Jahre war ich damals gerade, als die Armee Wassiliewsky nach Westen vorrückte, und habe etwas erlebt, was mich beinahe um Sinn und Verstand gebracht hat.« Der Untersuchungshäftling sank in sich zusammen, begann zu zittern, ballte die Fäuste und schlug sich heftig auf die Oberschenkel.

Der Haftrichter winkte Detektiv Meyer zu sich heran, beugte sich zu dessen Ohr und flüsterte: »Holen Sie den Arzt, Casjan braucht eine Beruhigungsspritze.«

»An Luzk sind wir vorbeimarschiert und haben dort gelagert«, schluchzte Jerzy, »mein Hauptmann hat mir ein paar Stunden Urlaub gegeben, damit ich meine Vaterstadt wieder sehen konnte. Ein paar Menschen traf ich, die mir das Grauenhafte bestätigt haben: Fast alle Juden

von Luzk waren von den Deutschen massakriert und in Massengräbern verscharrt worden, auch meine armen Eltern und alle Verwandten. Und dann bin ich von einem dieser Gräber zum anderen gewandert, und bei jedem habe ich mich gefragt: Wo?«
Das Schluchzen war in ein Wimmern übergegangen, Casjans Kopf noch tiefer nach vorn gesunken, dass er fast seine Knie berührte, und der Haftrichter sah auf das Bündel Elend hinab und war versucht, den Unglückseligen in die Arme zu nehmen. Er riss sich jedoch zusammen, zog auch die schon nach Jerzys Schulter ausgestreckte Hand zurück und war sich darüber im Klaren, dass es keinen Sinn hatte, die Einvernahme fortzusetzen. »Wo? Wo?«, hörte er Casjan ständig schreien, nachdem der Arzt gekommen war und er draußen den langen, dunklen Flur entlang ging, der zum Ausgang des Züricher Untersuchungsgefängnisses führt.

II.

Hatte man am Gründonnerstag bei föhniger Wärme noch im Freien sitzen können, war in der Nacht zum Karfreitag ein unerwarteter Kälteeinbruch erfolgt, der die alte Bauernregel in frappierender Weise bewahrheitete: Auf grüne Weihnachten folgen weiße Ostern. In den Zentralalpen war bis zu einem Meter Neuschnee gefallen, und das Thermometer auf dem Jungfraujoch hatte 23 Grad unter dem Gefrierpunkt angezeigt. Selbst bis ins Mittelland hinunter hatte die Schneedecke gereicht und manchen Menschen den Osterspaziergang verleidet.
Beat Studer war schon sehr früh in seine Rechtsanwaltskanzlei im Talacker gekommen, um die Heizkörper aufzudrehen, damit seine Angestellten nicht in der Kälte sitzen mussten. Noch im Mantel hatte er an seinem Schreibtisch Platz genommen, und vor ihm lag die Morgenausgabe Nr. 942 der »Neuen Zürcher Zeitung« vom 20. April 1954, dem Dienstag nach Ostern. Auf Seite 5 las er den mit pz. gezeichneten Artikel:

Zur Mordtat an der Freiestraße
Die Mordtat, die der 33-jährige Jerzy Casjan am Donnerstag an dem 29-jährigen Jakob Klaymann verübt hat, gibt mancherlei Rätsel auf, die von den Untersuchungsbehörden über die Ostertage noch nicht gelöst werden konnten. Klaymann selbst hatte, kurz be-

vor er seinen schweren Verletzungen erlag, den Namen des Mörders genannt und auf die Frage nach dem Tatmotiv mit dem Wort »Erpressung« geantwortet.
Das Verhalten des Mörders, der vor Monaten mit dem Entschluss, Klaymann umzubringen, von Israel in die Schweiz gereist war, deutet jedoch auf andere Motive. Seine Vorbereitungen geben keinen Hinweis darauf, dass er jemals die Absicht gehabt hatte, nach der Tat einen Fluchtversuch zu unternehmen, sondern schien geradezu bemüht zu sein, nach seiner Tat auf dem schnellsten Weg zur Polizei zu kommen. Er hatte auch den großen Geldbetrag, den sein Opfer zurzeit der Tat auf sich trug, nicht angerührt. Was aber hatte der hasserfüllte Mörder bei den Unterredungen, die zwischen ihm und Klaymann während ihres gemeinsamen Aufenthalts in Zürich geführt wurden, zu besprechen, wenn er doch den Entschluss zu seiner Tat bereits vor seiner Reise in die Schweiz gefasst hatte? Die Vermutung dürfte nicht abwegig sein, dass beide Motive, sowohl dasjenige der Erpressung wie jenes der Rache, Antrieb zu dem Mord gegeben haben.
Die Freude, die der Mörder kurz nach der Tat über den Tod seines Opfers zu empfinden schien, lässt auf ein unbändiges Hassgefühl schließen, wie es mit Ausnahme der Südländer den meisten Europäern unverständlich sein dürfte. Casjan verfiel am Freitag einer schweren Psychose; er hüllte sich in vollständiges Schweigen und reagierte, nachdem er sich am Tag zuvor häufig spontan geäußert hatte, auf nichts mehr. Er musste aus diesem Grund zur psychiatrischen Behandlung in die Kantonale Heilanstalt Burghölzli gebracht werden.

Der Rechtsanwalt erhob sich, trat zum Fenster und blickte auf den Talacker hinunter, in dem der Verkehr zunahm. Am Straßenrand sah er noch ein paar Schneereste und schüttelte den Kopf über die Wetterkapriolen der letzten Tage, doch konnte er sich nicht von seinen Gedanken an den mysteriösen Mordfall losreißen. Er musste die Vermutung des Redakteurs der »Neuen Zürcher Zeitung« teilen, dass Jerzy Casjan den Mord aus anderen Motiven als reiner Erpressung begangen hatte. Allerdings störte ihn der Hinweis des Verfassers auf die unbändigen Hassgefühle, wie sie angeblich nur Südländern vertraut seien. Er war oft genug in Italien und Spanien gewesen und hatte dort so viele Menschen kennen gelernt, die diesem Bild in keiner Weise entsprachen. Woher der Journalist seine »Erkenntnisse« nahm, blieb ihm ein Rätsel.
Wenn die Erpressung nur eine untergeordnete oder gar keine Rolle spielte, von Klaymann vielleicht nur vorgeschoben worden war, dann wurde die Frage immer wichtiger, was in Jerzy Casjan das »unbändige Hassgefühl« hervorgerufen hatte. Eifersucht, wie Staatsanwalt Spörri vermutete, schied nach Studers Meinung aus, wenn er es auch nicht begründen konnte und sich nur auf sein Gefühl verließ ... und das hatte ihn eigentlich noch nie getrogen. Nun blieb nur zu hoffen, dass von Spörri bald die Nachricht eintraf, ob er die Verteidigung übernehmen konnte oder nicht. Sollte Casjan sich einen eigenen Anwalt nehmen, vielleicht von der Züricher Israelitischen Cultusgemeinde empfohlen und bezahlt, wäre der Fall für ihn leider erledigt, es sei denn, er würde den Kollegen gut genug kennen, um ihm seine Mitarbeit anzubieten. Ein Honorar stand für ihn nicht im Vordergrund; seine Kanzlei betreute eine umfangreiche und vor allem

wohlhabende Klientel, die es ihm erlaubte, auch einmal ohne Bezahlung tätig zu werden. Natürlich war es nur eine reine Vermutung, dass es im Prozess gegen Casjan um Fragen gehen könnte, die sich nur aus dessen und Klaymanns jüdischer Herkunft erklären ließen. Aber wenn es so war, dann sollte seine Kenntnis für Casjans Rechtsbeistand hilfreich sein.
Eine der Sekretärinnen öffnete die Tür einen Spalt breit: »Staatsanwalt Spörri lässt anfragen, ob Sie sich mit ihm mittags in der Kronenhalle treffen können.«
Beat Studer nickte, und als er wieder allein war, kamen ihm Zweifel, dass ihn das Obergericht als Offizialverteidiger benennen würde. Denn weshalb wollte sich Spörri mit ihm zum Mittagessen treffen, wenn seiner Berufung nichts im Wege stand? War die Einladung als Trostpflaster gedacht? Der Rechtsanwalt stand noch eine Weile unschlüssig am Fenster, trat dann zurück an seinen Schreibtisch, ergriff die Zeitung und überflog noch einmal den Artikel zur Mordtat Casjan.
Ihm war unverständlich, weshalb Casjan nach seiner anfänglichen Geständnisfreudigkeit plötzlich einer schweren Psychose verfallen war, wie es in der »Neuen Zürcher Zeitung« hieß. Konnte eine solche Krankheit oder Verhaltensstörung von einer Stunde auf die andere ausbrechen? Er war Anwalt und Verteidiger, aber kein Arzt, wenngleich er es in seiner langjährigen Tätigkeit natürlich hin und wieder mit Mandanten zu tun gehabt hatte, die an seelischen Behinderungen litten. Doch er konnte sich an niemanden erinnern, dessen Persönlichkeit sich unangekündigt verändert hatte. Nach allem, was Beat Studer bisher über Casjan wusste, hatte der Mörder auf die ihn vernehmenden Beamten durchaus einen norma-

len Eindruck gemacht. Nun war es natürlich denkbar, dass sich bis zur Ausführung der Tat so viel in ihm aufgestaut hatte, dass nun, nach dem ersten Geständnis, eine abnorme seelische Reaktion ausgelöst worden war. Andererseits konnte man nicht ausschließen, dass eine tief in der Kindheit verwurzelte, aber bis jetzt unentdeckte Krankheit Ursache für die nun ausgebrochene Psychose war. Das sind doch alles nur Vermutungen, sagte sich Beat Studer und hoffte auf das Untersuchungsergebnis der Ärzte in der Heilanstalt Burghölzli, das er ja einsehen würde, falls man ihn mit Casjans Verteidigung betraute. Wenn er sich der Beschreibung des Staatsanwalts Spörri am Donnerstag im Café Sprüngli recht entsann, dann hatte der Täter nach seinem Erscheinen in der Polizei-Hauptwache erklärt, dass er den Janek Klaymann »um der Gerechtigkeit willen« habe töten müssen. Wem sollte warum Gerechtigkeit widerfahren, und in wessen Auftrag hatte Casjan gehandelt? Was konnte so Furchtbares geschehen sein, das den Mörder hatte glauben machen, ein etwaiges Verbrechen des Mannes im Cadillac wäre nur durch ein paar Pistolenschüsse zu sühnen? Weshalb hatte sich Casjan nicht an den für Juden gültigen Grundsatz gehalten: E Jid schießt nicht auf e Jid? Beat Studer wusste keine Antwort, so sehr er sich auch zu erinnern versuchte, ob – so weit er sich im Judentum auskannte – in dessen Geschichte dieses Prinzip nicht doch irgendwann verletzt worden war. Wenn in der »Neuen Zürcher Zeitung« zu lesen war, dass bei dem Täter auf ein unbändiges Hassgefühl geschlossen werden müsste, wollte er das nicht von der Hand weisen. Für ihn wäre durchaus nachvollziehbar, wenn sich ein Opfer, der grauenhaften Hölle eines Konzentrationslagers entronnen, an seinen

Peinigern gerächt hätte. Da sowohl Klaymann als auch Casjan jedoch aus dem gleichen jüdischen Milieu stammten und, wie auch immer, der Ermordung durch deutsche Einsatzkommandos entkommen waren, fand Studer keine Erklärung für die Tat in der Freiestraße im Stadtteil Hottingen.
»In zwei Stunden bin ich zurück, Frau Mädler«, sagte der Anwalt, während er seinen Mantel anzog und einen Schal um seinen Hals wand.

In der Kronenhalle war wie immer kaum ein freier Tisch zu finden, doch hatte Staatsanwalt Spörri zwei Plätze reservieren lassen. Er wartete auf Beat Studer und winkte ab, als der Kellner ihn nach seinen Wünschen fragte. Er schaute sich um, erwiderte mit kurzem Kopfnicken den einen und anderen Gruß und war froh, dass niemand zu ihm kam und ihn auf den Mordfall Casjan ansprach. Es reichte ihm schon, dass er den halben Vormittag lang am Telefon Journalisten der verschiedensten Blätter (selbst eine Zeitung aus Tel Aviv war darunter gewesen) hatte Auskunft geben müssen, und er hatte sich dabei so vorsichtig wie möglich geäußert. Was er vom Haftrichter erfahren hatte, war nach seiner Ansicht noch zu wenig, um Rückschlüsse auf das Tatmotiv zu ziehen, und so hatte er die Redakteure damit vertröstet, sie nach Abschluss der medizinischen Untersuchungen in der Kantonalen Heilanstalt Burghölzli und den sich daran anschließenden weiteren Einvernahmen des Täters zu informieren. Auf Mutmaßungen lasse er sich nicht ein, hatte er einen besonders penetranten Fragesteller unhöflich abgewiesen und sich danach geweigert, weitere Anrufe entgegenzunehmen.

»Gratuliere«, begrüßte er Studer und gab dem Ober ein Handzeichen, »du bist zum Offizialverteidiger bestellt.«
Der Rechtsanwalt tat, als hätte er gar nichts anderes erwartet, setzte sich und war einverstanden, als Spörri zum Aperitif einen trockenen Sherry vorschlug. Dann konnte Studer es jedoch nicht verhindern, dass der Staatsanwalt sein besonderes Verdienst bei der Berufung hervorhob.
»Es hat ganz schöner Überredungskünste bedurft, mein Lieber, das darfst du mir glauben.«
Studer ging nicht weiter darauf ein, bedankte sich allerdings, da er Spörris Eitelkeit kannte und wusste, wie sehr er sich verletzt fühlen konnte, wenn man seine Fürsprache nicht belobigte. Außerdem wollte er es sich mit dem Ankläger nicht schon im Vorfeld des anstehenden Prozesses verderben. »Das war sehr nett von dir«, fügte er deshalb hinzu und griff zur Speisekarte.
»Du bist heute mein Gast«, sagte Spörri, und auf seinem Gesicht lag ein gönnerhafter Ausdruck.
»Einspruch, Euer Ehren«, wehrte Studer ab, »kommt überhaupt nicht in Frage, schließlich stehe ich in deiner Schuld.«
Der Staatsanwalt hatte keine andere Reaktion erwartet, glaubte aber, dass seine Einladung eine großzügige Geste gewesen war.
»Wenn du damit einverstanden bist, nehmen wir Seezunge«, schlug Beat Studer vor.
»Eine gute Idee«, stimmte Spörri zu, »nach den Feiertagen genau das Richtige.«
Während des Essens vermieden sie es, über den Mordfall zu sprechen, und warteten, bis nach dem Dessert der Kaffee serviert wurde.
»Wann werde ich Casjan sehen können?«

»Weiß ich nicht. Professor Büsser, mit dem ich telefoniert habe, konnte mir noch keinen Termin nennen. Du wirst dich also noch gedulden müssen.«
»Aber das Vernehmungsprotokoll kann ich einsehen?«, fragte Studer.
»Sicher. Ich werde den Haftrichter verständigen.« Spörri machte eine kurze Pause und fuhr fort: »Du wirst allerdings eine schöne Überraschung erleben.«
Beat Studer hob die Augenbrauen: »Was meinst du mit Überraschung?«
Der Staatsanwalt wartete eine Weile und kostete Studers Verwunderung aus. Als sich über dessen Nasenwurzel eine Unmutsfalte zu bilden begann, sagte er schließlich: »Casjan heißt gar nicht Casjan«, und wartete auf die Reaktion.
»Was soll das heißen?«, reagierte Studer verblüfft. »Nun rück schon heraus mit der Sprache«, fügte er hinzu, als Spörri geheimnisvoll lächelte.
»Casjan war ein Ungar, der während des Krieges irgendwo in Sibirien umgekommen ist und dessen Papiere sich dein Mandant verschafft hat. Doch wie, das weiß ich nicht.«
»Und warum das?«
»Das kannst du im Protokoll nachlesen.«
»Wie heißt Casjan denn nun wirklich?«, fragte Studer ungeduldig.
»Witos. Samek Witos, oder richtiger Samuel.«
Beat Studers Verblüffung legte sich nur langsam, und ihm war, als würde Spörri in belustigt beobachten.
»Grüezi, die Herren«, sagte Bankier Joseph Dreyfuß im Vorbeigehen und deutete eine leichte Verbeugung an, und die beiden Juristen kamen gar nicht mehr dazu, den Gruß

zu erwidern, so schnell hatte sich der stadtbekannte Finanzexperte entfernt.

»Hat es heute wohl besonders eilig, der Herr Dreyfuß«, mokierte sich Spörri und zog dabei die Mundwinkel herab.

»Ja, merkwürdig«, pflichtete Studer ihm bei, denn sonst blieb Dreyfuß meistens für einen Moment stehen, ein paar Worte mit ihm zu wechseln.

»Vielleicht wollte er nichts von seinem mordlustigen Glaubensbruder hören«, meinte der Staatsanwalt ironisch, und Beat Studer hatte ein ungutes Gefühl dabei.

Weshalb war Spörri plötzlich so bissig, fragte sich der Strafverteidiger. »Hast du etwas gegen Dreyfuß?«, doch er bekam keine Antwort. Der Staatsanwalt hatte es mit einem Mal besonders eilig, er dankte Studer für die Einladung und versicherte, dass in seinem Büro ein wichtiger Termin auf ihn warte.

Beat Studer war über den plötzlichen Aufbruch seines Gastes erstaunt, aber ehe er etwas sagen konnte, war Spörri aufgestanden und auf dem Weg zum Ausgang. Der Anwalt winkte dem Kellner, bestellte einen doppelten Espresso und bat gleichzeitig um die Rechnung. Was hat Dreyfuß dem Staatsanwalt getan, überlegte er, bis ihm blitzartig ein vor Jahren stattgefundenes Treffen der Schweizerischen Offiziersgesellschaft im Basler Schützenhaus einfiel. Er hatte nie mehr daran gedacht, wenngleich die damaligen Ereignisse in seinem Unterbewusstsein gespeichert geblieben waren. Jetzt hatte die abfällig klingende Bemerkung Spörris seine Erinnerung geweckt, und er sah den großen Saal des Traditionsrestaurants am Rhein ganz deutlich vor sich. An langen Tischreihen hatte er mit seinen Offizierskollegen gesessen, es war – wie immer bei solchen Anlässen – ausgiebig gegessen und getrunken worden, und je weiter der Abend vorrückte, desto ausgelassener wurde die Stimmung. Nur ein paar Stühle entfernt hörte Studer einen ergrauten Oberst einem jungen Leutnant die Lage während des Krieges erklären. Mit Messer, Gabeln und Gläsern baute er vor ihm eine Frontlinie auf, an der sich die Deutschen bei einem Angriff auf die Schweiz die Zähne ausgebissen hätten. Selbst wenn es Hitlers Truppen gelungen wäre, diese Abwehrstellung zu durchbrechen, dozierte der Alte im Brustton der Überzeugung, dann hätte man sich in die Alpenfestung zurückgezogen und dort den Angreifern getrotzt. Beat Studer hatte aufgehorcht, als sich ein ranghoher Offizier einmischte und den Jungen klarmachte, dass es noch eine andere wichtige Aufgabe für die Schweizer Armee gegeben hatte. Welche?, wollte einer der Leutnants wissen und erntete dafür einen verständnislosen Blick seines Vorgesetzten.

Beat Studer hatte gar nicht bemerkt, dass der Espresso vor ihn hingestellt worden war, und glaubte, die Worte des Offiziers von damals ganz deutlich zu hören: Ein Schutzwall gegen die Flüchtlinge aus Deutschland und Österreich seien die Grenztruppen damals gewesen. Man hätte deren Ansturm aufhalten müssen, weil man so viele Menschen in der kleinen Schweiz gar nicht aufnehmen konnte. Das Boot sei voll gewesen, und deshalb hätte der Bundesrat in Bern völlig zu Recht die Grenzen abgeriegelt und die Flüchtlinge zurückgeschickt. Der Einwand, dass es sich doch um Verfolgte gehandelt hätte, war weggewischt worden, und keiner der jungen Leutnants hatte sich zu widersprechen getraut. Jetzt erinnerte sich Studer ganz genau daran, dass Spörri beinahe zynisch darauf

hingewiesen hatte, bei den meisten habe es sich doch nur um Juden gehandelt – und es war ihm dabei kalt den Rücken hinuntergelaufen.
Ob Joseph Dreyfuß zu denen gehörte, die unbehelligt die rettende Schweiz erreicht hatten, wusste Studer nicht. Aber Staatsanwalt Spörri schien ihn zu jenen zu zählen, die man damals an der Grenze besser abgewiesen hätte, anstatt ihm die Schweizer Staatsbürgerschaft zu verleihen und ihm sein Bankgewerbe zu erlauben. Woher, aus welchen Kreisen sein zukünftiger Prozessgegner stammte, war Casjans Offizialverteidiger unbekannt. Vielleicht hatte Spörris Vater, ein kleiner Gewerbetreibender, in seinen jüdischen Partnern aus der gleichen Branche, wie das vielfach auch in anderen Ländern der Fall war, unliebsame Rivalen gesehen. Nicht selten war aus solchem Konkurrenzneid eine antijüdische Haltung entstanden, die bis zum puren Antisemitismus anwachsen konnte.
In Gedanken versunken war Anwalt Studer von der Kronenhalle die wenigen Meter zum Bellevue hinuntergegangen und dann in der Mitte der Quaibrücke stehen geblieben. Die Luft hatte sich etwas erwärmt, und die Sicht reichte weit über Rapperswil und das See-Ende hinaus bis zu den Alpengipfeln, über denen noch vereinzelte Wolken hingen. Während Studers Blick aufs Opernhaus am linken Seeufer fiel, musste er an die vielen Künstler denken, die als jüdische Emigranten ins Land gekommen waren, als sie in Deutschland nicht mehr leben konnten. Viele von ihnen hatten dem Züricher Schauspielhaus – zuvor eine Provinzbühne – erst zu seinem Ruf als bestes deutschsprachiges Theater der Zeit verholfen und waren deshalb von der breiten Öffentlichkeit akzeptiert worden, konnte man sich doch in diesem Ruhme sonnen. Die

anderen aber, die Unbekannten, Mittellosen oder gar politisch Engagierten hatten nur allzu oft mit schikanösen Beamten der Eidgenössischen oder Kantonalen Fremdenpolizei Bekanntschaft machen müssen. Beat Studers Vater hatte vor seinem Tode im letzten Kriegsjahr oft genug von verzweifelten Flüchtlingen erzählt, die um Hilfe flehend in seine Kanzlei am Talacker gekommen waren. Dank seines ausgezeichneten Rufes als Rechtsanwalt – seine gesellschaftliche Stellung nicht zu vergessen – war es Studer sen. fast immer gelungen, sich bei den verschiedensten Behörden für die Verfolgten einzusetzen. Das sind wir unserem Landsmann Henri Dunant schuldig, hatte Beats Vater immer wieder betont und innerhalb des Roten Kreuzes vielerlei Verpflichtungen übernommen.

Was war ich nur für ein Narr, dachte Beat Studer, die Unterarme aufs Brückengeländer gelehnt, während er zu den fernen Berggipfeln schaute. Da hatte es den Chef der Eidgenössischen Fremdenpolizei, Dr. Heinrich Rothmund, gegeben, der bei der deutschen Regierung in Berlin durchgesetzt hatte, dass die Pässe deutscher Juden mit einem ›J‹ versehen worden waren. Besonders aber hatte ihn erschüttert, dass die Diskriminierung der deutschen Juden sogar von einzelnen schweizerischen Behörden so weit gefördert worden war, dass sie die Eintragung des ›J‹ selbst vornahmen, wie es im Protokoll der Rede des Nationalrats Opprecht stand. Für all das hatte sich Beat Studer geschämt, obwohl er selbst nicht betroffen war. Erst nachdem er einen in der »Basler Nationalzeitung« erschienenen Kommentar gelesen hatte, fühlte er sich etwas besser.

»Es ist kein Geheimnis, dass die Flüchtlingspolitik der Schweiz in jenen Glanzjahren des Dritten Reiches nicht

das Rühmlichste ist, das die Schweizer Geschichte aufzuweisen hat.«
Ganz gegen seine Gewohnheit ging Studer am Café Sprüngli vorbei, überquerte den Paradeplatz und kehrte in seine Kanzlei zurück. In sich gekehrt saß er dann an seinem Schreibtisch, versuchte, die Gedanken an die Vergangenheit zu verdrängen und nahm sich vor, von nun an all seine Kräfte auf den Fall des Samek Witos, alias Jerzy Casjan, zu konzentrieren. Nur das hatte ihn in Zukunft zu interessieren.

III.

Professor Heinz Büsser ging auf die Siebzig zu, was man ihm jedoch nicht ansah. Sein dichtes dunkles Haar war nur von wenigen weißen Fäden durchzogen, sein kantiges Gesicht faltenlos, nur auf seinen Handrücken hatten sich wenige, kleine braune Altersflecken gebildet. In seinen Augen lag stets ein melancholischer Ausdruck, als hätte er ständig Mitleid mit seinen gemütskranken Patienten, die ihn fast wie einen Vater verehrten, sofern sie dazu überhaupt fähig waren. Der Kantonalen Heilanstalt Burghölzli stand er schon seit mehr als zwei Jahrzehnten vor und galt weit über die Grenzen der Eidgenossenschaft hinaus als einer der angesehensten Psychiater. Während des Krieges – und erst recht danach – war er mit einem Syndrom konfrontiert worden, das bis dahin weder er noch die meisten seiner Kollegen gekannt hatten: Tiefe Depressionen, verbunden mit Schuldgefühlen und oft auch Selbstmordgedanken bei jüdischen Menschen. Nur zu gut erinnerte er sich an einen jungen Mann, dem die Flucht von München nach Zürich gelungen war. Zuerst glücklich über seinen Weg in die Freiheit, war er nach den ersten Berichten über Massenmorde in deutschen Konzentrationslagern von Tag zu Tag stiller geworden und hatte schließlich kaum noch mit anderen Menschen gesprochen. Eines Tages fand man ihn in einer Toilette des Züricher Hauptbahnhofs – die Pulsadern mit der

Klinge eines Taschenmessers aufgeschnitten –, aber noch rechtzeitig, um ein völliges Verbluten zu verhindern. Nach einer ersten Behandlung durch Rettungssanitäter war er ins Burghölzli eingeliefert worden, und es hatte an die zwei Wochen lang gedauert, bis er endlich ein Wort sprach. In langen Unterhaltungen fand Professor Büsser heraus, was den jungen Mann zu seinem Selbstmordversuch getrieben hatte: Die Verzweiflung über den Tod seiner Eltern und Geschwister in den Gaskammern von Auschwitz und das unermessliche Schuldgefühl, als Einziger der Familie überlebt zu haben. Mit ehemaligen Häftlingen, die das Grauen der Lager überlebt hatten und von Hilfsorganisationen zur Erholung in die Schweiz geschickt worden waren, hatte es sich in vielen Fällen ebenso verhalten. Professor Büsser musste sich erst einmal selbst mit dem für ihn neuen Krankheitsbild vertraut machen und danach seine Ärzte und das Pflegepersonal darauf einstellen. Es war nicht immer leicht gewesen, denn manche seiner Mitarbeiter wollten oder konnten die Massenvernichtung in Polen oder anderswo nicht glauben, und bei dem einen oder anderen, so hatte er es empfunden, war wohl auch eine gewisse Abneigung gegenüber Juden mit im Spiel gewesen. Natürlich war niemand so weit gegangen, sich offen antisemitisch zu äußern, aber Büsser war während mancher Besprechung im Kollegenkreis das Gefühl nicht losgeworden, das Schicksal dieser besonderen Patienten berühre nicht alle gleichermaßen. Seither waren einige Jahre vergangen, im Burghölzli fand man niemanden mehr, der zum Kreis der ehemals psychisch kranken jüdischen Flüchtlinge oder Überlebenden gehörte, und Professor Büsser sah sich nun einem jungen Juden gegenüber, dessen Familie zwar auch ermordet worden war – und doch lag dieser Fall völlig anders. Die von Samek Witos verübte Tat am Gründonnerstag in der Freiestraße hatte unmittelbar nichts mit dem Tod seiner Angehörigen zu tun; aber der Tod der Juden von Luzk hatte ihn geprägt. Vielmehr hatte er einen Glaubensbruder getötet, und der war nun wirklich nicht für die Verbrechen der Nazis verantwortlich zu machen. Was also hatte diesen jungen Mann dazu getrieben, Janek Klaymann »um der Gerechtigkeit willen« zu ermorden, wie er beteuerte? In den ersten Tagen war Witos unansprechbar gewesen, hatte in seinem Krankenbett gelegen, apathisch vor sich hin gestarrt und Professor Büsser anscheinend nicht einmal erkannt. Die Mahlzeiten blieben unangetastet, und man hatte schon überlegt, ob man Witos zwangsernähren sollte, es dann aber doch unterlassen, weil der junge Mann wenigstens Flüssigkeit zu sich nahm. Es musste dann wohl die tiefe, ruhige, vertrauenerweckende Stimme des Chefarztes gewesen sein, dass Samek Witos gegen Ende der ersten Woche seines Aufenthalts im Burghölzli zum ersten Mal den Kopf wendete und den Professor anschaute.

»Sie können mich verstehen?«

Witos, alias Casjan, nickte wortlos und tastete mit seinen Blicken Büssers Gesicht ab, als wollte er erkunden, ob er ihm trauen konnte.

»Woher haben Sie die Narbe an Ihrem Hinterkopf?«, wollte der Professor wissen und wiederholte seine Frage, nachdem Witos keine Antwort gab.

»Aus dem Krieg«, brachte er endlich langsam hervor.

Büsser wusste aus dem ersten Vernehmungsprotokoll, dass sein Patient als Angehöriger der Armee Wassiliewsky gegen die Deutschen gekämpft hatte, von einer Verwundung hatte er dem Haftrichter jedoch nichts gesagt. Sie war erst während der ersten Untersuchung in der Kantonalen Heilanstalt entdeckt worden.

Der Professor bewies eine bewundernswerte Geduld, als er Samek Witos' in einem Gemisch aus Jiddisch und Deutsch vorgetragenen Bericht anhörte. In den allerletzten Monaten des Krieges war er schwer am Hinterkopf verwundet worden, und er konnte nicht einmal sagen, ob es eine Gewehrkugel oder ein Granatsplitter gewesen war. Man hatte ihn nach Krakau in ein Lazarett gebracht, in dem es den Ärzten in drei schwierigen Operationen gelungen war, ihn wieder herzustellen.

War diese Verletzung der Grund für die schwere Psychose, die ihn kurz nach seiner Verhaftung befallen hatte? überlegte der Chefarzt, während sich Samek Witos langsam aufrichtete, auf die Ellenbogen stützte und in dieser Stellung eine Weile verharrte, um sich danach hinzusetzen und die Beine von der Bettkante baumeln zu lassen.

»Waren Sie schon öfter in einem solchen Zustand?«, wollte Büsser wissen. Doch Witos schwieg und schien ihn nicht zu verstehen. »Hat man Sie schon einmal in eine Klinik eingeliefert?«

Der Untersuchungshäftling schüttelte den Kopf und schaute den Professor offen an, dass der nicht die geringste Veranlassung hatte, Witos nicht zu glauben.

Es war durchaus vorstellbar, überlegte Büsser, dass die Ereignisse von Luzk, die Erinnerung an den Tod seiner Angehörigen, wie sich Witos vor dem Haftrichter ausgelassen hatte, Auslöser der Psychose waren. Aber hatte er denn in der Vergangenheit nie an die Massengräber am Rand seiner Heimatstadt gedacht? War die Vergangenheit erst durch den Mord an Janek Klaymann wieder auferstanden? Der Chefarzt fand keine Erklärung, stand auf und beendete das Gespräch. Im Flur vor dem Krankenzimmer wies er den Stationsarzt an, die Dosis Psychopharmaka zu halbieren, da er glaubte, Witos zeige erste Anzeichen von Besserung. »Er ist durchaus ansprechbar, Herr Kollege«, wischte er einen vorsichtigen Einwand beiseite, »und ich werde mich künftig selbst um den Patienten kümmern.«

Am 7. Mai 1954, nach 56-tägiger Belagerung, war die französische Festung Dien Bien Phu im Norden Vietnams dem Angriff des Vietcong mit Artillerie und Infanterie nicht mehr gewachsen. Beat Studer hatte am Vorabend im Programm von Radio Beromünster einen ausführlichen Bericht über die Kämpfe und Niederlagen der Franzosen gehört, doch seine Gedanken waren immer wieder zu Samek Witos gewandert, der in den nächsten Tagen ins Untersuchungsgefängnis zurückgebracht werden sollte. Dann würde er erstmals Gelegenheit haben, seinem Klienten zu begegnen, denn ein Besuch im Burghölzli war ihm versagt worden. Ob Staatsanwalt Spörri dafür die Verantwortung trug, konnte er nicht sagen; auffällig war nur gewesen, dass er ihn seit dem Essen in der Kronenhalle nicht mehr getroffen hatte.
Heute, eine knappe Woche später, stand erstmals wieder etwas über Samek Witos, alias Jerzy Casjan, in den Gazetten. Die Sekretärin hatte ihrem Chef die Abendausgabe Nr. 1174 der »Neuen Zürcher Zeitung« vom 13. Mai 1954 auf den Schreibtisch gelegt und gefragt, ob er sie noch brauche. Nein, hatte er geantwortet, sich über das Blatt gebeugt und die Seite 9 aufgeschlagen.

Die Untersuchung über den Mord an der Freiestraße

pz. Die Untersuchung über den Mordfall an der Freiestraße, bei dem Jerzy Casjan den Kaufmann Jakob Klaymann erschossen hat, gestaltete sich, wie seinerzeit gemeldet, nach der Tat äußerst schwierig, weil der Mörder, der sich selbst gestellt hatte, nach der Verhaftung in eine schwere Psychose verfiel und sich in vollständiges Schweigen hüllte. Der psychiatrischen Behandlung in der Heilanstalt Burghölzli gelang es inzwischen, den Mörder weitgehend von seiner Psychose zu befreien. Seit einiger Zeit ist er wieder einvernahmefähig, auch wenn ihn die langen Gespräche stets wieder zu ermüden scheinen. Diese Ermüdungszustände, die von schwerem Kopfweh begleitet sind, hingen, wie die medizinische Untersuchung feststellen konnte, teilweise mit einer Kriegsverletzung, die Casjan erlitten hatte, zusammen. Immerhin sind bisher keine Anhaltspunkte vorhanden, die darauf hinweisen würden, dass der Täter geistig vermindert zurechnungsfähig wäre.

Casjans Aussagen sind im Allgemeinen von großer Klarheit. So weit seine Angaben bisher überprüft werden konnten, haben sie sich alle bewahrheitet, so dass die berechtigte Hoffnung besteht, die noch immer rätselhaften Hintergründe der Mordtat Stück für Stück beleuchten und aufklären zu können. Casjan steht nach wie vor zu seiner Tat und zu seiner ersten Aussage. Die Überprüfung seiner Angaben stößt allerdings auf zahlreiche Schwierigkeiten, weil die früheren Begegnungen zwischen Casjan und Klaymann alle im Ausland, vor allem in Deutschland und Israel, stattfanden.

Beat Studer schlug mit der flachen Hand auf die Schreibtischplatte und war empört darüber, dass er den Stand der Untersuchungen aus einem Zeitungsartikel erfuhr, und griff zum Telefonhörer.

»Nein, Herr Spörri ist bereits gegangen. Sie können ihn erst morgen Vormittag wieder erreichen.«

Der Anwalt legte wortlos auf und starrte eine Weile zu dem Fenster hinüber, hinter dem sich Dämmerung über den Talacker zu legen begann. Wird hier irgendein Spiel mit mir getrieben? überlegte er, denn wie war die Redaktion der »Neuen Zürcher Zeitung« an diese Informationen gelangt? Hatte Spörri sie ihr gegeben, oder ein Beamter aus dem Untersuchungsgefängnis? Beat Studer war drauf und dran, sich selbst an die Schreibmaschine zu setzen und eine geharnischte Beschwerde zu verfassen. Aber er unterließ es dann doch und hoffte, den Informanten – wer immer es war – zu enttarnen und zur Rede zu stellen. Trotzdem war er entschlossen, zumindest Spörri auf den Zeitungsartikel anzusprechen und sich zu verbitten, dass man ihm Auskünfte zum Fall Casjan-Witos verspätet zukommen ließ, wenn nicht gar vorenthalten wollte. Hatte dazu auch gehört, dass er seinen Mandanten im Burghölzli nicht hatte besuchen dürfen? Er kannte Professor Büsser eigentlich als einen äußerst zuvorkommenden Menschen, und er ärgerte sich jetzt, dass er ihn nicht direkt angesprochen und um ein Gespräch ersucht hatte. Vielleicht steckte Spörri doch hinter der Ablehnung seines Antrags für einen Besuch in der Heilanstalt? Beat Studer wusste keine Antwort, klappte den vor ihm liegenden Terminkalender zu und war sich unschlüssig, was er jetzt tun sollte, lehnte sich zurück und blickte wieder zum Fenster. Draußen war es inzwischen dunkel geworden, die Lichter der Straßenlaternen spiegelten sich in den Scheiben, der Anwalt zündete sich eine Zigarette an, sog den Rauch tief ein und schloss die Augen. Er liebte diese Stunden allein in seiner Kanzlei, wenn er ungestört war und sich seinen Gedanken hingeben konnte, die nicht immer um einen Klienten kreisen mussten. In letzter Zeit hatte er immer öfter über sich selbst nachgedacht, über seine private Situation, und über sein Alleinsein, das ihn seit einigen Wochen immer mehr bedrückte. Gewiss, er war nicht ganz schuldlos daran gewesen, dass Lena sich vernachlässigt gefühlt und ihn verlassen hatte. Schon lange hatten sie nicht mehr von einer Heirat gesprochen, die Abstände zwischen ihren abendlichen Begegnungen und gemeinsamen Wochenenden waren immer größer geworden, und sowohl Lena als auch er waren einer Aussprache aus dem Weg gegangen. Irgendetwas stimmte nicht zwischen ihnen, und Beat sah den Grund dafür in seinem beruflichen Engagement, das ihn oft bis tief in die Nacht an seinem Schreibtisch festhielt, wenn er Prozessakten studierte oder ein Plädoyer vorbereitete. Obwohl Lena ihm keine Vorhaltungen machte, hatte er doch nicht selten einen missmutigen Zug um ihre Mundwinkel zu sehen geglaubt, aber sie nichts gefragt. Er fühlte sich verpflichtet, das Ansehen der von seinem Vater gegründeten Kanzlei mit allen ihm gegebenen Kräften zu bewahren und möglichst noch zu vergrößern. Dahinter musste alles andere zurücktreten, und er erwartete, dass Menschen, die ihm nahe standen, diese Ansicht teilten. Besonders seit dem zurückliegenden Gründonnerstag, an dem die tödlichen Schüsse in der Freiestraße gefallen waren und er die Meldung darüber in der »Neuen Zürcher Zeitung« bei einem doppelten Espresso im Café

Sprüngli gelesen hatte, beschäftigte ihn der Mord an Janek Klaymann ununterbrochen. Zwar war er am Ostersonntag mit Lena in der Kronenhalle zum Essen gewesen, aber eine Unterhaltung war nur schleppend in Gang gekommen und hatte sich in Allgemeinplätzen erschöpft. Die meiste Zeit hatte Lena den Blick auf den Teller mit der Lammkeule gerichtet und nur kurz aufgeschaut, wenn Beat den Gruß eines vorbeigehenden Gastes erwiderte. Nein, da war nichts mehr von der alten Vertrautheit aus früheren Tagen, als sie die Wochenenden in irgendeiner Berghütte oder einem vornehmen Hotel in Genf oder Ascona verbracht hatten. Sie müsste noch zu ihren Eltern, hatte Lena gesagt, als Beat Studer nach dem Dessert noch Kaffee bestellen wollte, und war gegangen, ohne ein weiteres Treffen mit ihm zu verabreden. Der junge Rechtsanwalt blieb einigermaßen betroffen zurück, kam aber nicht zum Nachdenken über den überraschenden Abschied.

»Grüezi, Herr Studer, so allein heute?« Bankier Joseph Dreyfuß blickte ihn fragend, aber freundlich, an.

Der Rechtsanwalt nickte nur kurz und überlegte, ob er den alten Bekannten seines verstorbenen Vaters zum Hinsetzen auffordern sollte. Als hätte Dreyfuß seine Gedanken erraten, fragte er:

»Darf ich Ihnen ein bisschen Gesellschaft leisten?«

»Aber gern; nehmen Sie doch bitte Platz.«

Der Bankier setzte sich, zog ein Zigarrenetui aus dem Jackett, nahm eine Havanna heraus, roch kurz an ihr, schnitt danach die Spitze ab und entzündete ein Streichholz.

Beat hatte die Zeremonie belustigt verfolgt, so andächtig hatte sich Dreyfuß seiner Zigarre gewidmet, und als der

erste Rauchkringel aufstieg, sah der Bankier den Anwalt nachdenklich an.
»Eine dumme Geschichte«, sagte Joseph Dreyfuß, doch bevor er fortfahren konnte, wurde er von dem Kellner unterbrochen, der ihn nach seinen Wünschen fragte.
»Bringen Sie mir ein Kännchen Kaffee und einen Cognac.« Danach kniff er die Augen zusammen, als müsste er überlegen, was er hatte sagen wollen.
»Welche dumme Geschichte meinen Sie?«, fragte Studer, obwohl er genau zu wissen glaubte, worauf sein Gegenüber hinauswollte.
»Na, dieser Mordfall in der Freiestraße. Sie haben doch damit zu tun?«
Beat bestätigte das, wusste aber nicht, was der Bankier meinte. Ihm war bekannt, dass Joseph Dreyfuß ein angesehenes Vorstandsmitglied der Israelitischen Cultusgemeinde war und in Zürich über einigen Einfluss verfügte. Sein Bankhaus kannte man weit über die Grenzen der Schweiz hinaus, und in Zürich spielte der alte Herr – seit vielen Jahren verwitwet und leider, wie er immer wieder betonte, ohne Nachkommen – in vielerlei Hinsicht eine bedeutende Rolle. Die Empfänge in seiner Villa in Zollikon am 1. August, dem Schweizer Nationalfeiertag, lockten Gäste aus dem ganzen Land an, und selbst Mitglieder der Regierung aus Bern oder Vertreter des diplomatischen Corps nahmen gern daran teil. Gespannt wartete man jedes Mal auf die Festtagsrede des Hausherrn, in der er die Bedeutung seiner Heimat in der ganzen Welt hervorhob und seine Landsleute aufforderte, in ihrer Hilfsbereitschaft für die Notleidenden überall auf dem Globus nicht nachzulassen. Doch auch so mancher Künstler – und nicht nur in Zürich – wusste Joseph Dreyfuß zu

schätzen, denn vielen Malern und Bildhauern hatte er erste Ausstellungen ihrer Werke ermöglicht oder junge Galeristen unterstützt, wenn sich deren Umsätze in bescheidenen Grenzen hielten. Keine karitative Organisation hatte sich jemals über mangelnde Spendenbereitschaft des Bankiers beklagen können, und besonders die Jüdische Gemeinde konnte sich auf jegliche Unterstützung ihres angesehenen Mitglieds verlassen.

»Was meinten Sie vorhin mit ›dumme Geschichte‹?« fragte Beat Studer erneut.

»Das Ganze ist für uns reichlich peinlich«, antwortete Dreyfuß und machte dabei einen unglücklichen Eindruck.

»Wieso peinlich?«

»Sehen Sie, junger Freund, der Mörder hat uns mit seiner Tat – ich will es mal so bezeichnen – keinen Gefallen getan. Sie wissen so gut wie ich, dass es auch hierzulande genügend Menschen gibt, die auf Juden nicht gut zu sprechen sind ... um es vornehm auszudrücken.«

»Was hat das mit Ihrer Gemeinde zu tun, Herr Dreyfuß?«

Der Bankier schwieg eine Weile, schaute dem Rauch seiner Havanna nach, griff dann zu seinem Cognac-Glas, nippte aber nur daran und stellte es wieder neben die Kaffeetasse. »Es gibt bei uns ganz allgemein den Grundsatz: E Jid schießt nicht auf e Jid. Daran hat sich der Casjan, oder wie der Kerl heißt, nicht gehalten.

»Und wo liegt das Problem?«, forschte der Rechtsanwalt.

Joseph Dreyfuß schaute sein Gegenüber eine Weile an, hielt seine Zigarre zwischen Daumen und Zeigefinger seiner rechten Hand und drehte sie hin und her. »Ich bin gewiss kein orthodoxer Jude«, sagte er leise, und Beat Studer hatte einige Mühe – der Geräuschpegel in der Kronenhalle war ziemlich hoch –, den Bankier zu verste-

hen. »Natürlich gehe ich in die Synagoge«, fuhr er fort, »und die Arbeit für die Gemeinde kostet mich ziemlich viel Zeit ... aber, wie gesagt, strenggläubig bin ich nicht.
»Und das soll das Problem sein?«, warf Studer ein.
»Das natürlich nicht«, sagte Dreyfuß, und eine gewisse Resignation schwang dabei in seiner Stimme mit. »Was glauben Sie wohl, wie bestimmte Kreise sich diebisch darüber freuen werden, dass ein Jude einen anderen Juden erschossen hat.« Dreyfuß griff erneut nach seinem Cognac-Glas und nahm einen kleinen Schluck. »Das ist die eine Seite. Auf der anderen wird man sich darüber empören, dass die beiden ihre Händel, was immer auch dahinterstecken mag, hier bei uns in der Schweiz auf offener Straße ausgetragen haben ... und das mit tödlichem Ende.«
Beat Studer verstand noch immer nicht, was Joseph Dreyfuß eigentlich meinte, und trommelte unter der Tischplatte ungeduldig mit den Fingern auf seinen Oberschenkel.
»E Jid schießt nicht auf e Jid, habe ich vorhin gesagt«, setzte der Bankier seinen Gedankengang fort, »und das hat, so ist es nun mal, für den Mörder gravierende Folgen.«
»Was meinen Sie damit?«
»Dieser Casjan hat mit seiner Tat gegen den eben genannten Grundsatz verstoßen und sich damit selbst aus der jüdischen Gemeinschaft ausgeschlossen. Er kann mit keinerlei Hilfe rechnen, kein Rabbiner wird ihn in seiner Zelle besuchen, kein jüdischer Anwalt ihm zur Seite stehen, die gesamte Gemeinde wird sich von ihm abwenden.«
Der junge Anwalt kannte sich durch seine vielfältigen

Verbindungen einigermaßen im Judentum aus und wusste die Weitherzigkeit seiner jüdischen Freunde zu schätzen. Deshalb erstaunte ihn umso mehr, was er jetzt von Bankier Dreyfuß vernahm. Wie war das mit der so oft gepriesenen Toleranz der Juden in Einklang zu bringen? Man ließ einen Menschen aus ihren Reihen einfach fallen, weil er einen Mord begangen hatte? Das wollte Beat Studer nicht in den Kopf, und er musste an die Zeit seines Konfirmandenunterrichts denken, in dem es immer wieder geheißen hatte: Liebe deinen Nächsten wie dich selbst.

»Das können Sie nicht verstehen? Es kommt Ihnen unbarmherzig vor?« Joseph Dreyfuß schaute sein Gegenüber nachdenklich an. »Ist es ja auch; da kann ich Ihnen nicht widersprechen, selbst wenn ich es wollte.« Er hob abwehrend die linke Hand, während er noch immer in der rechten die Zigarre zwischen Daumen und Zeigefinger drehte. »Warum man sich nicht gegen diese Unbarmherzigkeit auflehnt, wollen Sie wissen? Da unterschätzen Sie den Einfluss unserer Orthodoxen, die lassen nicht an ihren Grundsätzen rütteln.«

Warum lässt sich ein so angesehener und einflussreicher Mann wie Dreyfuß von religiösen Eiferern einschüchtern?, überlegte Beat Studer. Was hätte er zu verlieren, wenn er veranlassen würde, das sich jemand um den Häftling Casjan-Witos kümmerte?

»Die haben da so ihre subtilen Methoden«, sagte der Bankier, als hätte er Studers Gedanken erraten, »eine kleine Boshaftigkeit hier, irgendeine Anspielung dort, und schon wird man von dem einen oder anderen gemieden. Die Folgen fürs Geschäft, die Bank, können Sie sich vielleicht vorstellen.«

Der junge Anwalt erwiderte nichts, starrte auf die Kaffeetasse und bedauerte Samek Witos insgeheim, der jetzt wieder im Untersuchungsgefängnis saß und den er so schnell wie möglich aufsuchen wollte.
»Weshalb haben Sie eigentlich die Verteidigung des Mörders übernommen?«, wollte Dreyfuß wissen. »Der Fall ist doch sonnenklar. Dieser Casjan bestreitet die Tat doch gar nicht.«
Beat Studer blickte auf, beugte sich etwas vor und legte die Unterarme auf die Tischplatte. »Weil mich die Geschichte interessiert, weil ich wissen will, warum der Mörder die Tat ›um der Gerechtigkeit willen‹ begangen hat.«
»Einen Blumentopf werden Sie damit wohl nicht gewinnen«, stellte der Bankier fest und schüttelte fast unmerklich den Kopf.
»Das ist auch nicht meine Absicht«, entgegnete Beat Studer und lehnte sich wieder zurück. »Und wenn Sie meinen«, fuhr er nach einer kurzen Pause fort, »dass man für den Angeklagten, der sich ja schließlich selbst angezeigt hat, nichts tun kann, dann bin ich anderer Ansicht.«
»Und die wäre?«
»Gehen wir mal davon aus, der Mörder sei eigentlich im Grunde ein friedfertiger Mensch. Da muss man sich doch fragen, was ihn dazu getrieben hat, einen Glaubensbruder kaltblütig auf offener Straße umzubringen? Dem will ich nachgehen und versuchen, dies dem Gericht zugunsten des Täters deutlich zu machen. Vielleicht lässt sich alles aus der gemeinsamen jüdischen Herkunft Casjans und Klaymanns erklären.«
»Gott behüte!«, meinte Dreyfuß und verdrehte die Augen. »Sie wollen doch nicht etwa Verständnis für den Mord aufbringen?«

»Was heißt: Verständnis?«, entgegnete Beat Studer. »Was jedem Schweizer Angeklagten recht und billig, ist man doch einem Ausländer ebenso schuldig.«
»Haben Sie schon mal daran gedacht, welche Reaktionen es in der Öffentlichkeit hervorruft, wenn im Gerichtssaal das Vorleben zweier Juden breit getreten wird?«
Beat Studer schaute den Bankier, der sich seine erkaltete Zigarre wieder anzündete, verständnislos an.
»Wenn alles einen rein kriminellen Hintergrund haben sollte, was ich glaube, dann ist das Wasser auf die Mühlen der Antisemiten.«
»Soll man deshalb dem Angeklagten nicht die Möglichkeit geben, das Tatmotiv zu erklären und sich zu verteidigen?«
Joseph Dreyfuß antwortete nicht, und der junge Rechtsanwalt glaubte, eine leichte Schamröte im Gesicht des Bankiers zu erkennen.

Beat Studer hatte die Begegnung mit Dreyfuß in der Kronenhalle noch ganz deutlich vor Augen, während er jetzt in seinem dunklen Arbeitszimmer saß, vor sich auf dem Schreibtisch die Abendausgabe der »Neuen Zürcher Zeitung« vom 13. Mai 1954, und er machte Licht, um den Artikel zur »Untersuchung über den Mord in der Freiestraße« nochmals zu lesen.
Morgen werde ich Samek Witos, alias Jerzy Casjan, endlich besuchen können, dachte er, während er die Zeitung nach einigen Minuten zusammenfaltete und in die Jackentasche steckte. Dann löschte er die Schreibtischlampe, verließ die Kanzlei, blieb vor der Haustür einen Moment stehen und überlegte, ob er noch für eine Stunde ins Café Sprüngli gehen sollte. Er befürchtete ganz einfach, dass

er in dieser Stunde das Alleinsein in seiner Wohnung nicht ertragen würde. Lena wollte er um diese Zeit nicht mehr anrufen. Vielleicht will sie mich auch gar nicht sehen, sagte er sich, zog den Hausschlüssel ab und ging den Talacker in Richtung Paradeplatz hinunter.

IV.

Es war ein heißer Augusttag im Jahre 1945, als Samek Witos, alias Jerzy Casjan, aus dem Krakauer Lazarett entlassen wurde. Im Beisein der Ärzte und des Pflegepersonals hatte ihm ein Offizier der Armee Wassiliewsky eine Tapferkeitsmedaille ans Revers seines grauen Jacketts geheftet. Danach geleiteten sie den Genesenen vor das Portal, der Offizier übergab ihm dort einen Schlüssel und deutete auf einen Opel P4, der aus Beutebeständen stammte. Er solle das Auto als Ausgleich für entgangenen Sold, aber auch als Anerkennung erhalten, hörte Samek und glaubte zu träumen. Wie benommen stieg er ein, startete den Motor, und während er davonfuhr, sah er im Rückspiegel, dass ihm die Ärzte und Krankenschwestern nachwinkten. Einige Kilometer hinter Krakau, auf einer einsamen Straße, hielt er an, stieg aus und setzte sich ins Gras. Wo soll ich nun hin, überlegte er, und Tränen füllten seine Augen, als er an Luzk dachte. Dahin würde er keinesfalls zurückkehren, nicht in die Ruinen seiner Heimatstadt und auch nicht zu den Massengräbern, in denen seine Familie verscharrt lag. Also Richtung Westen? Er hatte keinerlei Vorstellungen davon, was ihn dort erwartete. Er wusste nur, dass jenseits der Oder die sowjetische Armee einen Teil des untergegangenen Nazireichs besetzt hatte. Sollte er dort leben, in einem Land, in dem er vielleicht auf Soldaten treffen würde, die ihn damals aus dem fahrenden Zug geworfen hatten, nur weil er Jude war? Nein, dem wollte er sich nicht aussetzen. Samek Witos wusste nichts davon, dass zwei Monate zuvor, Anfang Juni, die Oberbefehlshaber der alliierten Streitkräfte das besiegte Deutschland in vier Zonen aufgeteilt hatten und Berlin von nun an aus vier Sektoren bestand und sich die Amerikaner und Briten aus Sachsen, Thüringen und Mecklenburg zurückziehen mussten. Er erfuhr auch später nicht, dass Winston Churchill damals beunruhigt erklärt hatte: »Ich sehe den im Mittelabschnitt unserer Front beabsichtigten Rückzug der amerikanischen Armee auf unsere Zonengrenze mit größtem Unbehagen entgegen, ist doch damit der Vormarsch der Sowjetmacht ins Herz Westeuropas und die Senkung des Eisernen Vorhangs zwischen uns und dem ganzen Osten verbunden.«

Samek wusste nicht, wo er sich befand und wie lange er im Gras neben seinem Auto schon gesessen hatte. Keine Menschenseele, kein Fahrzeug war bisher vorbeigekommen. Weit und breit kein Mensch, den er hätte fragen können, wohin diese verlassene Straße führte. Es blieb ihm nichts anderes übrig, als einfach drauflos zu fahren und zu hoffen, irgendwo einen Wegweiser zu finden. Auf einigen Umwegen gelangte er zu einer Hauptstraße und erreichte Olkusz, in dem es von Fahrzeugen und Pferdegespannen der Roten Armee wimmelte. Vor einem Gasthaus hielt er an, schloss seinen Opel P4 ab und verlangte in der Wirtsstube ein Glas Bier. Am Nebentisch saßen vier Russen, die ihn jedoch nicht beachteten, und er blickte nur kurz auf, als sich ihm ein junger Mann gegenübersetzte. Woher er komme, wollte der Fremde nach einer Weile wissen, doch Samek machte keine Anstalten, sich

auf ein Gespräch einzulassen. Aber sein Gegenüber gab keine Ruhe, sodass Witos schließlich antwortete.
»Krakau? Dort bin ich geboren. Eine schöne Stadt.«
Samek schwieg und vermied es, den Mann, den er gleich alt schätzte, anzuschauen.
»Ich heiße Stanislaw Berkowitsch, meine Freunde nennen mich Stan. Und wer bist du?«
»Jerzy Casjan.« Es klang fast abweisend, doch Stanislaw ließ sich nicht davon beeindrucken, winkte die Bedienung heran und bestellte zwei Wodka.
Der Bursche geht mir auf die Nerven, dachte Samek und wollte gehen. Aber ein unerklärliches Gefühl zwang ihn zum Bleiben, und er hielt den Kopf gesenkt und starrte in sein Bierglas. Nach kurzer Zeit sah er eine Mädchenhand, die den Wodka abstellte, und als Berkowitsch ihm zuprostete, blickte er auf und hob das Glas ebenfalls an die Lippen. Eigentlich ist er gar nicht so unsympathisch, sagte sich Samek, als er Stanislaw ins Gesicht schaute. Dessen Augen waren ungewöhnlich tiefblau, strahlten eine fast körperlich spürbare Wärme aus und wurden von einem leichten Lächeln umspielt, das Samek nach einer Weile erwiderte, ohne es im Grunde zu wollen.
»Was machst du hier?«, wollte Stan wissen, während er noch mehr Wodka verlangte.
»Ich bin auf der Durchreise.«
»Und wohin?«
Jerzy wurde sich bewusst, dass er gar kein festes Ziel hatte. Er war vom Lazarett aus einfach nur losgefahren, ohne sich Gedanken nach dem Wohin zu machen. So empfand er Berkowitschs Frage mit einem Mal wie einen schmerzhaften Schlag, dem er nicht ausweichen konnte. Er antwortete nicht und zuckte nur die Achseln.

»Du weißt nicht, wohin du willst?« fragte Stan erstaunt und ließ Samek nicht aus den Augen.
»Nein, ich weiß es wirklich nicht«, antwortete er schließlich und verspürte plötzlich den unwiderstehlichen Drang, Stanislaw von seinem bisherigen Schicksal zu erzählen.
Es hatte gut eine Stunde, wenn nicht sogar noch länger, gedauert, bis Samek – von Stan kein einziges Mal unterbrochen – zu Ende gekommen war. Dann blickten sie sich schweigend an, und jeder versuchte, die Gedanken des anderen zu erraten. Die Sowjetsoldaten vom Nebentisch hatten das Wirtshaus längst verlassen, und in der Gaststube war es bis auf ein gelegentliches Hüsteln der Bedienung still.
»Und du, was machst du hier?«, fragte Samek, nachdem Stan weitere Wodka bestellt hatte.
Stanislaw Berkowitsch wendete den Kopf zu dem fast blinden Fenster der Wirtsstube, als wollte er Witos nicht in seinen Augen lesen lassen. Seine Backenknochen mahlten, als er die Zähne fest aufeinander biss, und erst nach geraumer Weile schaute er sein Gegenüber wieder an. Ein trauriger Ausdruck lag in seinem Blick, und es war, als würden sich seine Augen mit Tränen füllen. Stan wischte mit dem Handrücken über die schweißnasse Stirn und stemmte dann seine Ellenbogen auf die Tischplatte. »Das ist eine lange Geschichte, vor allem eine traurige, und es ist nicht leicht, darüber zu sprechen.«
Samek Witos blieb stumm, doch man sah ihm an, dass ihn Stanislaws Schicksal interessierte. Was er dann erfuhr, ließ ihn zeitweise erstarren und die Erinnerung an den grauenvollen Tod der 18000 Juden von Luzk stieg wieder in ihm hoch.
Berkowitschs Eltern hatten bis zum Einmarsch der deut-

schen Truppen in der Nähe von Hrubleszów, kurz vor der polnisch-sowjetischen Grenze, einen kleinen Bauernhof bewirtschaftet, dessen Erträge gerade mal fürs tägliche Überleben ausreichten. Stan und seine um drei Jahre jüngere Schwester halfen auf dem Feld und in den Ställen mit, standen beim ersten Hahnenschrei auf und gingen mit den Hühnern zu Bett. Nichts unterbrach den grauen Alltag, und nur der sonntägliche Kirchgang der Familie ins nahe Hrubleszów brachte ein wenig Abwechslung. Man stand nach dem Gottesdienst noch eine Weile mit den anderen Besuchern beisammen, unterhielt sich über die Ernte und was sonst noch in der Gegend passiert war und dann ging es den halbstündigen Weg nach Hause zurück.

»Wir hatten gar nicht erfahren, dass da ein Krieg ausgebrochen war«, sagte Stan und schüttelte den Kopf, als könnte er das jetzt noch nicht begreifen, »und eines Tages standen die Deutschen auf unserem Hof.«

Stanislaw Berkowitsch schwieg eine Weile, winkte der Bedienung und verlangte nochmals zwei Bier und Wodka. »Nein, sie haben nichts getan«, fügte er eilig hinzu, als wollte er einer entsprechenden Frage zuvorkommen, »nur in die Ställe und Scheune haben sie geschaut; vielleicht suchten sie nach polnischen Soldaten und wollten Kriegsgefangene machen.«

Stan prostete Witos zu, kippte zuerst den Wodka hinunter und nahm dann einen Schluck Bier, setzte das Glas ab und wischte sich den Schaum von den Lippen.

»Es war schon dunkel geworden, und wir wollten uns gerade schlafen legen, als es an die Haustür pochte. Vater und Mutter blickten sich ängstlich an, als erwarteten sie ein Unheil; doch es nützte alles nichts, ich ging und

öffnete. Ein Junge in meinem Alter, den ich von den Kirchgängen aus Hrubleszów her kannte, stand atemlos vor mir, und ich zog ihn am Jackenärmel ins Haus. Es dauerte eine Ewigkeit, bis er endlich ruhiger geworden war und sprechen konnte. Er sei geflohen, erzählte er mit zittriger Stimme, weil die Deutschen alle jungen Männer zusammentrieben und irgendwohin abtransportierten. Da habe er sich an Stanislaw erinnert und hoffe, dass sie den abgelegenen Bauernhof nicht finden würden.«
Stan blickte Samek mit einem gequälten Lächeln an.
»Am nächsten Tag blieb es noch ruhig, doch keine vierundzwanzig Stunden später hörten wir Gewehrschüsse ganz in der Nähe. Nicht weit von unserer Scheune stand eine riesige, alte Linde, und mein Vater riet, wir sollten hinaufklettern und uns in dem dichten Blätterwerk verstecken. Doch der Junge aus Hrubleszów rannte in panischer Angst davon, und ich zog mich allein an den Ästen hoch. Es dauerte nicht lange, und ein Lastwagen fuhr am Haus vor; ein paar bewaffnete Männer sprangen herunter, aber sie trugen andere Uniformen als die deutschen Soldaten.«
»SS-Banditen?«, unterbrach Samek ihn.
»Das habe ich erst später erfahren«, antwortete Stanislaw und brach abrupt ab. Seine tiefblauen Augen füllten sich mit Tränen, und er konnte ein Schluchzen nicht länger unterdrücken. Es wurde so laut, dass die Bedienung neugierig von der Theke herüberschaute und verständnislos den Kopf schüttelte.
Samek sah Stanislaw nicht an, starrte in das vor ihm stehende halb leere Bierglas und drehte das Wodkaglas zwischen seinen Fingern. Er ahnte, dass sich auf dem Bauernhof nahe der polnisch-sowjetischen Grenze Furchtba-

res zugetragen haben musste, aber er fragte nicht danach und wartete darauf, dass Stan sich wieder beruhigte.

»Sie sind ins Haus gestürmt, und ich habe nur gehört, wie die Kerle mit ihren Gewehrkolben die Möbel zerschlugen und immer wieder etwas schrieen, was ich aber nicht verstand. Dann kamen sie mit Vater und Mutter heraus und zerrten sie zum Scheunentor. Meine kleine Schwester war nicht dabei.«

Stans Blick wurde starr, und er biss sich auf die Lippen, als scheute er sich, das damalige Geschehen auszusprechen. Erst nach einer ganzen Weile fuhr er stockend fort, immer wieder von seinem Schluchzen unterbrochen: »Ich sah meine Mutter weinen und am ganzen Leib zittern, während mein Vater zum Himmel blickte, als erhoffte er sich von dort Hilfe. Einer der SS-Männer war in der Scheune verschwunden, kam nach kurzer Zeit wieder und hatte einen Hammer und Nägel in der Hand. Die anderen stellten meine Eltern mit nach oben gestreckten Armen ans Tor, und dann nagelten sie ihre Hände an die Bretter.«

Samek fühlte einen Schauer über seinen Rücken laufen, und wie von selbst schob sich seine Rechte über den Tisch, griff nach der Stanislaws und streichelte sie. Wieder entstand eine längere Pause, in der von draußen nur das Geräusch vorbeifahrender Autos und Pferdegetrappel zu hören war.

»Sie haben keinen Laut von sich gegeben«, vernahm Witos dann leise, »vielleicht hat sie der Schmerz bewusstlos werden lassen, ich weiß es nicht. Die SS-Männer haben die ganze Zeit laut gelacht, traten dann ein paar Schritte zurück, legten ihre Gewehre an und schossen wie wild auf die zuckenden Körper.«

Samek Witos, alias Jerzy Casjan, scheute sich, Stanislaw nach dem Schicksal seiner Schwester zu fragen und fuhr nur immer wieder beinahe zärtlich über dessen Handrücken, der sich kalt anfühlte. Mein Gott, dachte er, wie hat Stan diesen Anblick nur überleben können? Er war außerstande, sich vorzustellen, was er getan hätte, wenn er Zeuge der Ermordung seiner Eltern und der 18000 Juden von Luzk gewesen wäre. Es fröstelte ihn bei diesem Gedanken und er zog seine Hand zurück, was Stanislaw nicht zu bemerken schien, denn er starrte vor sich hin und bewegte sich nicht. Es dauerte eine ganze Weile, bis er den Kopf hob, und auf seinem schmalen, fast aschgrauen Gesicht erschien plötzlich ein leichtes, verlegenes Lächeln. Langsam nur kehrte etwas Farbe auf seine Wangen zurück und mit seiner Rechten machte er eine abwehrende Bewegung, als wollte er damit sagen, lass die Vergangenheit ruhen. Wieder winkte er der Bedienung, die beinahe widerwillig an den Tisch kam, da sie lieber nach Hause gegangen wäre, als die Wünsche dieser seltsamen Gäste zu erfüllen.

»Was geschah nach ...«, fragte Samek und brach mitten im Satz ab.

»Ich bin auf dem Baum geblieben, bis es dunkel geworden war. Dann habe ich in unserem Haus nach meiner kleinen Schwester gesucht. Aber sie war wie vom Erdboden verschwunden.«

»Verschwunden?«

»Ja, weg, ganz einfach weg.« Stanislaw wischte sich mit dem Handrücken über die Stirn, ehe er fortfuhr: »Auf mein Rufen kam keine Antwort. Es war, als hätte sich Danuta in Luft aufgelöst.« Er schüttelte den Kopf, als könnte er das spurlose Verschwinden seiner Schwester auch heute noch nicht fassen. »Nein, sie ist nie wieder aufgetaucht, kein Mensch hat sie gesehen, so oft ich auch nach dem Krieg in Hrubleszów und in der ganzen Gegend nach ihr gefragt habe.«

In Stans Blick lag eine tiefe Traurigkeit, und es dauerte einige Zeit, bis er seine Worte wieder fand.

»In jener Nacht bin ich ziellos im Wald herumgerannt, habe auf jedes noch so kleine Geräusch gehört, denn es hätten sich ja SS-Männer irgendwo aufhalten können. Aber ich bin niemandem begegnet. Erst gegen Morgen traf ich auf einen Mann, der hinter einem Gebüsch gesessen hatte. Er zielte mit einem Gewehr auf mich und wollte wissen, was ich zu dieser Zeit in dieser Gegend zu suchen hätte. Ich habe es ihm kurz erklärt, worauf er die Waffe sinken ließ, mich umarmte, dann bei der Hand nahm und mit sich zog.«

»Wohin?«

»Immerzu durch den Wald. Ich wusste gar nicht mehr, wo ich war, aber ich getraute mich nicht, den Mann zu fragen, und bin neben ihm hergestolpert. Manchmal blieb er stehen, hielt den Atem an und lauschte angestrengt. Aber es war nichts zu hören. Wir müssen mindestens drei Stunden lang unterwegs gewesen sein, bis wir vor einem Erdloch standen, in dem eine ganze Gruppe anderer Männer hockte. Auch sie waren bewaffnet und schauten mich argwöhnisch an. Doch als sie meine Geschichte gehört hatten, stand einer der Männer auf, legte seine Hand auf meine Schulter und sagte, dass ich bleiben könnte.«

»Partisanen?«

Stanislaw nickte und machte den Eindruck, als wäre er plötzlich auf irgendwas stolz. So jedenfalls kam es Samek

Witos vor, denn in Stan war eine unübersehbare Veränderung vor sich gegangen. Aus seinem Gesicht war alle Trauer verschwunden und er saß aufrecht da, hatte die Brust herausgestreckt und wirkte entschlossen. Samek Witos hatte die unerwartete Veränderung gespannt verfolgt und ahnte den Grund dafür. »Ja, es waren Partisanen, und sie haben mich bei sich aufgenommen. Darauf bin ich heute noch stolz.«

»Hast du ...?«

»Ja, aber ich habe sie nicht gezählt. Unser Chef sagte immer: Nur ein toter Deutscher ist ein guter Deutscher.«

Es war draußen dunkel geworden und die Bedienung räumte wortlos die leeren Gläser vom Tisch und die beiden letzten Gäste verstanden den Wink. »Nein, das ist meine Sache«, sagte Stan mit aller Entschiedenheit, als Samek in seiner Jackentasche nach Geld suchte.

Es war kaum noch jemand auf der Straße, weder Einwohner von Olkusz noch sowjetische Truppen; nur ein paar Jugendliche saßen auf den Treppenstufen, die zu einem alten Wohnhaus hinauf führten. Als Samek seinen Autoschlüssel aus der Hosentasche zog, wollte Stan wissen, was er vorhabe. Er wartete vergebens auf eine Antwort, denn Witos wusste wirklich nicht, was er nun zu dieser späten Stunde tun sollte.

»Du kannst mit mir bei meiner Tante übernachten«, meinte Stanislaw, »die hat genügend Platz.«

Samek sagte nichts, folgte jedoch Stan, der sich wortlos umgedreht hatte und nach ein paar Schritten in eine nahe Seitenstrasse einbog.

An Schlaf war kaum zu denken. Die beiden jungen Männer redeten darüber, was ihnen in der nahen Zukunft bevorstehen könnte. Einen Beruf hatten sie beide nicht, und ihre wenigen Zloty würden bald verbraucht sein. Stumm saßen sie im Dunkel auf ihren Betten, hin und wieder zündete sich Stanislaw eine Zigarette an, und wenn er seine Hand bewegte, wirkte das Glimmen wie ein umherschwirrendes Glühwürmchen. Vielleicht gäbe es in Warschau eine Möglichkeit, sich irgendwas aufzubauen, meinte Samek nach einer ganzen Weile, aber er musste lange auf eine Antwort warten.

»Was willst du denn in Warschau? Kennst du dort irgendeinen Menschen?«

»Nein. Aber vielleicht finden wir dort etwas.«

»In einer zerbombten Stadt?« fragte Stan mit einem ironischen Ton in der Stimme, »möchtest du Trümmer aufräumen?«

»Weißt du was Besseres?« gab Samek zurück und verfiel wieder in Schweigen. Er hörte, wie Stanislaw den Rauch einsog und langsam wieder ausatmete.

»Vor ein paar Tagen habe ich einen Mann aus Szczecin getroffen. Er arbeitet dort im Hafen und hat erzählt, welcher Betrieb dort herrscht.«

»Na, und? Willst du Mehlsäcke von den Schiffen schleppen?« Samek lachte in sich hinein und schüttelte den Kopf. Stanislaw erwiderte nichts und drückte seine Zigarette aus. Hier in Olkusz wollte er auf keinen Fall bleiben, da war eine Hafenstadt doch etwas ganz anderes. Dort gäbe es bestimmt Arbeit, was immer es auch sein würde. Da war er sich ganz sicher. »Du hast doch ein Auto«, sagte er, »damit lässt sich doch was anfangen.«

»Vielleicht hast du recht«, stimmte Samek schließlich zu und dachte bei sich, mit Stan ließe sich vielleicht irgendwas aufbauen, wovon sie leben konnten.

Beat Studer saß an dem blanken Holztisch auf einem harten Stuhl, schaute hinüber zu dem vergitterten Fenster des kahlen Vernehmungsraums und hörte Samek Witos' Bericht. Bisher hatte er sich kein Bild von seinem Mandanten machen können; in der »Neuen Zürcher Zeitung« oder anderen Schweizer Blättern war bisher kein Foto des geständigen Mörders erschienen, so sehr die Journalisten auch darauf bestanden hatten, ein Foto von ihm zu schießen. Der Staatsanwalt hatte sich jedoch hartnäkkig geweigert, der Öffentlichkeit Samek Witos vor Prozessbeginn zu zeigen. Wie mag er aussehen, hatte sich der junge Rechtsanwalt gefragt, bevor sein Klient hereingeführt worden war. Wirkte er gewalttätig? Zeigte sein Gesicht brutale Züge, die auf Streitbarkeit hindeuteten? Manch einem, den er in der Vergangenheit vor Gericht vertreten hatte, war schon auf den ersten Blick anzusehen gewesen, dass er nicht davor zurückschreckte, sich seiner Waffe – zumindest aber seiner Fäuste – zu bedienen, um eine Straftat zu begehen. Und nun saß ein mittelgroßer Mann Anfang Dreißig vor ihm, der – besser gekleidet – aus gutem Hause hätte stammen können, und seine Stimme klang fest, während er die grauenhaften Vorgänge in einem kleinen Gehöft in der Nähe von Hrubleszów schilderte. Während er sprach, schaute er Beat Studer unentwegt an, und in seinen braunen Augen spiegelte sich nichts von dem Schrecken, der ihm in dem Gasthaus an der Hauptstraße von Olkusz fast den Atem genommen hatte, als Stan vom Schicksal seiner Eltern und seiner kleinen Schwester Danuta berichtete.
Wie kann er nur so ruhig bleiben, fragte sich Beat Studer und empfand Witos Stimme als angenehm wohlklingend; lässt ihn seine Tat völlig unberührt? Wenn man sich dar-

an erinnerte, dass Jerzy Casjan – so hatte er sich in der Polizei-Hauptwache ja noch genannt – dem Dienst habenden Beamten um die Mittagsstunde des Gründonnerstags 1954 seelenruhig eine Pistole auf den Tisch gelegt und erklärt hatte, er habe soeben »um der Gerechtigkeit willen« den Janek Klaymann töten müssen, dann wäre es nicht abwegig, dem Angeklagten Kaltblütigkeit nachzusagen.

Doch der Züricher Rechtsanwalt, ohne jede Voreingenommenheit, konnte an eine solche Einschätzung nicht glauben. Wie er dem ersten Vernehmungsprotokoll entnommen hatte, war Samek Witos in einem religiösen Elternhaus aufgewachsen und bestimmt in dem Geist erzogen worden, dass ein Jude keinen anderen Juden ermordet. Weshalb er es doch getan hatte, dazu bedurfte es sicher noch zahlreicher und eingehender Unterhaltungen. Angenehm überrascht war Beat Studer davon, dass ihm der Untersuchungshäftling ohne irgendwelche Hemmungen oder gar Misstrauen gegenübergetreten war, und es schien, als hätte Samek Witos vom ersten Augenblick an Vertrauen zu seinem Verteidiger gefasst. Woraus sich das erklärte, wusste Studer nicht zu sagen, aber vielleicht würde er es im Lauf der Zeit noch erfahren. Jetzt beschäftigte ihn nur der Gedanke an die von seinem Klienten ausgehende Ruhe, die so gar nicht zu seinem Zusammenbruch während der ersten Vernehmung passte, der eine ärztliche Behandlung notwendig gemacht und zur Überweisung in die Kantonale Heilanstalt Burghölzli geführt hatte. Stand er noch unter Medikamenteneinfluss?, überlegte Beat Studer. Das würde Sameks jetzige Verfassung erklären. Aber er wollte Witos nicht danach fragen, ob er auch jetzt noch mit Beruhigungsmit-

teln behandelt wurde, das würde er vom Gefängnisarzt erfahren.
Einer der Beamten hatte eine Kanne Kaffee hereingebracht, auf den Holztisch gestellt und den Anwalt gefragt, ob er noch irgendwelche Wünsche hätte. Samek Witos konnte kaum glauben, was sich da abspielte: Derartiges wäre in Polen unmöglich gewesen, von der Sowjetunion ganz zu schweigen, da hätte man ihn kaum mit einem Rechtsbeistand, so weit es denn einen gegeben hätte, allein sprechen lassen. Überhaupt konnte er sich über die Behandlung im Züricher Untersuchungsgefängnis nicht beklagen, und deshalb war er auch seinem Pflichtverteidiger völlig unbefangen gegenübergetreten. Dass Beat Studer ihn auf jiddisch begrüßt hatte, war ihm zunächst gar nicht aufgefallen, aber vielleicht gehörte es in der Schweiz dazu, dass man Anwälte mit Fremdsprachenkenntnissen auswählte, um die Kosten für einen Dolmetscher zu sparen.
»Sie rauchen?«
Samek schüttelte den Kopf und griff nach der Kaffeetasse. Er schaute Beat Studer an, als wartete er auf eine Wirkung, die seine Schilderungen hervorgerufen hatten. Doch der Anwalt blieb stumm, machte sich ein paar Notizen auf den vor ihm liegenden Schreibblock, lehnte sich auf dem harten Holzstuhl zurück, legte den Kopf in den Nacken und starrte an die Zimmerdecke. Es gehörte zu seinem Beruf, einen Fall, sei er auch noch so aufregend, nüchtern und sachlich zu betrachten. Für Gefühle sollte da eigentlich kein Platz sein, jedenfalls durfte man sie seinem Mandanten nicht zeigen. Allerdings nahm er Anteil, wenigstens galt das für Beat Studer, wenn er sich einem Angeklagten gegenüber dazu auch nicht äußerte.

Hier jedoch hatte er alle Mühe, sich zu beherrschen, denn was er von Samek Witos gehört und in den Vernehmungsprotokollen gelesen hatte, übertraf alles vordem in Gerichtsverfahren Erlebte. Studer musste in dieser Minute alle Kraft zusammennehmen, um seine Vorsätze nicht einfach beiseite zu schieben und seinen Gefühlen freien Lauf zu lassen. Und es kostete ihn einige Kraft, einigermaßen ungerührt das Gespräch fortzusetzen:

»Sie sind also mit Ihrem Freund Stanislaw Berkowitsch von Olkusz nach Stettin gefahren?«

Samek nickte, und ein Lächeln huschte über sein Gesicht, als er an die Fahrt dachte. Schon nach wenigen Kilometern war ihnen das Benzin ausgegangen, und sie standen ratlos auf der Landstraße in Richtung Norden. Pausenlos fuhren sowjetische Fahrzeugkolonnen an ihnen vorbei, doch alles Winken half nichts, die Soldaten nahmen keinerlei Notiz von den beiden jungen Männern. Schließlich – Samek konnte sich nicht mehr erinnern, wie lange sie erfolglos am Straßenrand gestanden hatten – hielt dann doch ein Kübelwagen, aus dem(seiner Uniform nach zu urteilen) ein Offizier stieg und fragte, was sie wollten. Stan, der einigermaßen Russisch sprach, deutete auf den Opel P4 und bat um Hilfe. Der Hauptmann brach in schallendes Gelächter aus und wollte wissen, woher sie kämen und was sie vorhätten. Samek hatte die Frage einigermaßen verstanden, und ohne darüber nachzudenken, ob der Hauptmann Polnisch sprach, antwortete er ihm in seiner Muttersprache. Ein unbestimmtes Gefühl hielt ihn jedoch davon ab, von seiner Herkunft und dem Mord an den 18000 Juden von Luzk oder der Armee Wassiliewsky zu sprechen. Nur, dass seine Familie von den Deutschen umgebracht worden war, erfuhr der sowjetische Offizier und legte mitleidsvoll seine Arme um Sameks Schultern. Er kenne Luzk, sagte der Hauptmann leise, verschwieg aber, wann und weshalb er dort gewesen war, und Samek wunderte sich nicht über das Polnisch des Hauptmanns. Stanislaw hatte die ganze Zeit über wortlos daneben gestanden, die letzten Sätze des Offiziers aber nicht verstehen und sich den Grund für die Umarmung nicht erklären können. Der Hauptmann nahm die Hände von Sameks Schultern und ging zu dem Kübelwagen, zu dessen Fahrer er etwas sagte. Der stieg aus, löste einen neben dem Reserverad am Heck festgeschnallten Benzinkanister und stellte ihn vor Stans Füße. Unterdessen hatte der Offizier einen Notizblock aus der Uniformjacke gezogen und auf den Kühler gelehnt schrieb er ein paar Sätze, riss die Seite heraus und gab sie Samek. Mit dem Benzin aus dem Kanister würden sie gut und gern bis nach Bytom kommen; dort sollten sie sich bei der Ortskommandantur melden und den Zettel vorlegen. Man würde ihn, den Hauptmann, dort kennen und den Wagen voll tanken.

»Und das hat funktioniert?«, fragte Beat Studer.

»Sehr gut sogar«, antwortete Samek Witos, »und man hat uns dort eine weitere Bescheinigung gegeben, mit Stempel des Ortskommandeurs, und damit bekamen wir überall bei den sowjetischen Truppen Benzin – ob in Wroclaw oder Poznan, wir hatten keine Schwierigkeiten.«

»Wroclaw, Poznan?« Es war aus Studers Stimme deutlich herauszuhören, dass er mit diesen Namen nichts anfangen konnte.

»Entschuldigen Sie, Herr Anwalt«, sagte Samek, »bei Ihnen kennt man sicher nur die deutschen Namen. Ich meine natürlich Breslau und Posen.«

Beat Studer machte eine abwehrende Handbewegung, als sähe er für eine Entschuldigung keinen Grund. Er beobachtete Samek Witos, der während des Sprechens fast unentwegt die kahle Wand des Vernehmungsraums anstarrte, als würden dort die Bilder seiner Vergangenheit wie auf einer Kinoleinwand ablaufen. Dann aber blickte er seinem Anwalt mit vollkommener Offenheit ins Gesicht, wie wenn er ihn damit von der reinen Wahrheit seiner Geschichte überzeugen wollte. Der Offizialverteidiger hatte nicht den geringsten Anlass, seinem Mandanten zu misstrauen, und er ertappte sich gelegentlich dabei, dass er ihm wie einem seit langem vertrauten Menschen zuhörte, der ohne jegliche Erregtheit von sich und seinem Schicksal erzählte. Manchmal kam es ihm vor, als wäre es gar nicht die Vergangenheit seines Klienten, die er da zu hören bekam, sondern einfach ein düsteres Kapitel aus dem knapp ein Jahrzehnt zurückliegenden Krieg. Dann musste er sich zusammenreißen, um in die Wirklichkeit zurückzufinden. Schließlich hatte er – und das völlig freiwillig – die Verteidigung eines Mannes Anfang Dreißig übernommen, der sich selbst des Mordes beschuldigte und keinerlei Anstalten machte, seine Tat zu beschönigen. Beat Studer wollte Samek Witos' Bericht zwar nicht unterbrechen, weil er befürchtete, ihn aus dem Konzept zu bringen und dadurch vielleicht Fakten unberücksichtigt blieben, die für eine spätere Beurteilung des Vergehens bedeutungsvoll wären. Doch jetzt, als Samek eine kleine Pause machte, erkundigte er sich nach dem weiteren Verlauf der Fahrt.

Ja, bestätigte der Beschuldigte, die sowjetischen Soldaten seien freundlich und hilfsbereit gewesen. Sie hatten ihn nicht nur mit ausreichend Treibstoff für den als Dank und Anerkennung erhaltenen Opel P4 versorgt, mindestens einmal täglich seien er und sein neu gewonnener Freund Stanislaw Berkowitsch zu ihren Mahlzeiten eingeladen worden, und an manchen Abenden hätten sie mit Offizieren und Soldaten beisammen gesessen, getrunken und gelacht, wenn lustige Lieder gesungen wurden, die so gar nicht an das hinter ihnen liegende Grauen erinnerten.

»Wie lange haben Sie denn bis Stettin gebraucht?«, wollte Beat Studer wissen, als Samek ungewöhnlich lange schwieg, als müsste er sich die Zeit zwischen Olkusz und dem Fahrtziel ganz deutlich ins Bewusstsein zurückrufen.

»Drei oder vier Tage, es können auch fünf gewesen sein, so genau weiß ich das nicht mehr«, anwortete Samek. »Wir hatten ja Zeit, niemand drängte uns, und wir haben uns bei den Sowjets wohlgefühlt.«

»Trotz der bitteren Erfahrungen, die Sie während des Krieges in Russland mit den Sowjets machen mussten?«

Samek Witos, der sich noch ganz als Jerzy Casjan fühlte und sich so auch genannt hätte, wenn er nach seinem Namen gefragt worden wäre, senkte einen kurzen Augenblick lang den Kopf und sein Atem ging etwas schneller. Doch dann richtete er sich wieder auf und schaute Beat Studer nachdrücklich an:

»Nein, die habe ich nicht vergessen ... Aber was bedeuteten sie schon, da wir ihnen doch unsere Befreiung von den Deutschen verdankten?«

Wir haben uns in unserer wohl behüteten Schweiz über Derartiges keine Gedanken gemacht, dachte Beat Studer. Wenn der Nachbar im Norden auch mit den Waffen rasselte, waren die meisten Eidgenossen doch davon überzeugt gewesen, dass ihr Land nicht angegriffen würde. An unserer Armee kann das wohl nicht gelegen haben, hatten die Spötter gemeint, die wird doch in wenigen Tagen ausgeschaltet, man sollte doch nur an Polen oder Frankreich denken. Die Sauschwaben, die brauchen uns doch, lauteten andere Meinungen, die von den Lieferungen kriegswichtiger Güter an Deutschland wussten. Und da hatte es noch jene gegeben, die offen mit den Nazis sympathisierten, deren Auslandsorganisationen angehörten und nicht ohne Anerkennung die militärischen Erfolge der Deutschen verfolgten.

Beat Studer schaute auf seine Armbanduhr und war erstaunt, wie lange er schon mit Samek Witos beisammensaß. Der zeigte keinerlei Ermüdung, schien im Gegenteil aufgekratzter als zu Beginn der ersten Begegnung mit seinem Anwalt; aber Beat Studer wollte es für heute genug sein lassen und sich selbst nicht überfordern. Es war doch nicht so einfach, sich in das Schicksal seines Mandanten hineinzuversetzen, und er wollte den Abend nutzen, um noch einmal über das bisher Gehörte nachzudenken und sich Notizen für den bevorstehenden Prozess zu machen. Als hätte Samek Witos die Gedanken seines Verteidigers erraten, zeigte er sich nicht überrascht oder gar verärgert, als Studer die Fortsetzung des Gesprächs auf den nächsten Tag verschob.

V.

Während Samek Witos und sein neuer Freund Stanislaw Berkowitsch in Richtung Stettin unterwegs waren, erfuhren sie nichts von dem, was sich in diesen Augusttagen so kurz nach Kriegsende in der übrigen Welt ereignete. Vielleicht hätte es sie auch gar nicht interessiert, dass am 6. August um 8.13 Uhr der Angehörige der US-Air-Force Tom Feeberee in seinem Flugzeug »Enola Gay« den Befehl erhielt, über der japanischen Stadt Hiroshima eine Atombombe abzuwerfen. Ob der Kommunist Tito, noch vor Beendigung des Krieges, im März 1945, zum Ministerpräsidenten einer Koalitionsregierung ernannt, einen Tag nach dem Inferno im fernen Japan die Abschaffung der Monarchie in Jugoslawien verkündete, wäre ihnen wahrscheinlich auch gleichgültig gewesen. Die beiden jungen Männer dachten an ihre Zukunft, wenn sie auch noch keinerlei Vorstellungen hatten, was sie in der Hafenstadt tun sollten; aber je mehr sie sich ihr näherten, desto fester waren sie davon überzeugt, dass sie sich auf dem richtigen Weg befanden. Kurz vor ihrem Reiseziel tankte Samek Witos bei einer sowjetischen Einheit seinen Opel P4 noch einmal auf, und es begann langsam dunkel zu werden, als sie Stettin erreichten.
Vergebens suchten sie nach einer Hotelunterkunft und mussten deshalb die Nacht in dem engen Auto verbringen. An Schlaf war kaum zu denken, denn immer wieder

schauten Neugierige durch die Fenster, finstere Gestalten waren darunter, und Samek musste mehrmals grob werden, um sie zu vertreiben. Es war noch kaum hell geworden, als sie zum Hafen fuhren und sich nach einer Arbeit erkundigten. Doch sie hatten keinen Erfolg, ernteten sogar hämisches Gelächter, weil niemand glauben wollte, dass Autobesitzer Säcke schleppen oder andere körperlich beschwerliche Dienste verrichten würden. Der halbe Vormittag war über der Suche vergangen, als sie resigniert aufgaben und ratlos in die Stadt zurückfuhren.

»Und jetzt?«, fragte Stan, erhielt aber keine Antwort, denn Samek hatte sein ganzes Augenmerk auf die vielen Menschen gerichtet, die kreuz und quer über die Straßen liefen und sich nicht um das Auto kümmerten. Manch einer drohte sogar mit geballter Faust, wenn ihm der Opel P4 zu nahe kam, oder spuckte auf die Kühlerhaube.

»Was ist denn dort drüben los?« Stanislaw zeigte zu einem Platz, auf dem es von Männern, Frauen und Kindern nur so wimmelte.

»Geh du mal nachschauen«, antwortete Samek und hielt an, »ich bleibe im Wagen.« In diesem Augenblick war er sich eigentlich erst so recht bewusst, welch kostbares Geschenk ihm bei seiner Entlassung aus dem Lazarett in Krakau gemacht worden war. Er war unabhängig, musste sich nicht in überfüllte Eisenbahnwaggons zwängen oder sich gar an deren Außenseiten festkrallen. Es schauderte ihn bei dem Gedanken, in einer der schier endlosen Schlangen von Flüchtlingen zu stecken, die ihr letztes Hab und Gut auf Handkarren über die staubigen Landstraßen zogen. Er hatte sie auf dem Weg nach Stettin kaum beachtet, sondern war einfach an ihnen vorbeigefahren, weil er kein Erbarmen mit ihnen hatte. Sie redeten in der

Sprache der Mörder seiner Eltern und der 18000 Juden in Luzk. Er verspürte sogar Genugtuung, dass die jetzt Heimatlosen aus dem Land gejagt wurden. Rachegefühl war es nicht, doch die Zukunft der Vertriebenen war ihm völlig gleichgültig; er musste an sich denken und nichts anderes, höchstens noch an Stanislaw Berkowitsch, seinen neuen Freund. Wenn auch kein Jude, hatte der doch Schreckliches erlebt, und es schauderte Samek noch jetzt, wenn er sich daran erinnerte, wie dessen Eltern von SS-Männern ans Scheunentor genagelt worden waren und dass die kleine Schwester für immer verschwunden blieb.
Samek hatte Stans Rückkehr gar nicht bemerkt, und erst als sich der Freund auf den Beifahrersitz fallen ließ, sah er ein Paket in dessen Händen.
»Was ist denn das?«, wollte er wissen. »Hast du eingekauft?«
Ein Kopfschütteln war die Antwort, und Stan löste das braune Packpapier, bis ein Stoffballen zum Vorschein kam. Verständnislosigkeit lag in Sameks Blick, und er verlangte erneut eine Erklärung.
»Das hat mir ein alter Mann gegeben und gefragt, ob ich für ihn arbeiten würde.«
»Ein alter Mann ... arbeiten?«
»Ja, er hat einen Stoffhandel, ist aber schon zu alt, um sich in der Umgebung um Kundschaft zu kümmern.« Stanislaw warf den Ballen auf den Rücksitz, zündete sich eine Zigarette an und war über Sameks zweifelnden Blick belustigt.
»Wie soll das denn gehen?«, fragte Samek Witos, und seine Stimme war voller Zweifel. Doch Stan überhörte den spöttischen Unterton und zog an seiner Zigarette.
»Der Alte hat irgendwo ein Stofflager und ich soll ihm

dabei helfen, seine Ware zu verkaufen. Nein«, wehrte Stanislaw ab, als er glaubte, Samek wollte protestieren, »natürlich nicht ohne dich, das habe ich dem Mann auch gesagt. Schließlich gehört dir ja das Auto.«
Samek legte den Kopf in den Nacken, starrte an das Wagenverdeck und überlegte. Warum eigentlich nicht?, fragte er sich, sie müssten ja schließlich von irgendwas leben, und vielleicht würden die Geschäfte gar nicht so schlecht gehen. Im Krieg war Stoff ganz sicher Mangelware gewesen und die Leute wären sogar erpicht darauf, sich endlich wieder ein neues Kleid oder einen Anzug nähen zu können oder schneidern zu lassen. Langsam wandte er sich Stanislaw zu:
»Und wo sollen wir unterkommen?«
»Lass uns mit dem Alten reden, vielleicht kann er uns helfen.«
»Dann hol ihn her.« Die Aufforderung duldete keinen Widerspruch, und Stan verschwand in der Menschenmenge auf dem großen Platz. Jetzt erst wurde Samek klar, dass es sich um einen Schwarzmarkt handelte, denn er sah, wie irgendwelche Gegenstände, die er nicht erkennen konnte, ihren Besitzer wechselten, da und dort miteinander getuschelt wurde und der eine oder andere sich misstrauisch umschaute, bevor Geldscheine von einer Hand in die andere wanderten.
»Mein Name tut nichts zur Sache«, sagte der Alte, während er sich auf den Rücksitz zwängte, »sagt einfach Chef zu mir, damit ist es genug.«
Samek startete den Motor und ließ sich vom Chef zum Hafen dirigieren. Etwas abseits lag ein heruntergekommenes, flaches Gebäude, das einem Schuppen ähnlich war, und auf Anweisung des alten Mannes fuhr Samek zu der

Rückseite, die vom umliegenden Gelände nicht einzusehen war.
»Bitte einzutreten«, witzelte der Chef, verbeugte sich, machte eine einladende Handbewegung und öffnete dabei mit der Linken eine schmale Tür. Durch die wenigen, stark verschmutzten Fenster kam kaum Licht, und es dauerte eine Weile, bis Samek und Stan die übereinander gestapelten Stoffballen erkannten. »Nein, die Ware ist nicht gestohlen, das müsst ihr mir glauben«, versicherte der Alte, »doch woher sie kommt, geht euch nichts an.« Samek wollte sich damit nicht zufrieden geben, wenn sie schon für den Chef arbeiten sollten, müsste er ihnen auch reinen Wein einschenken.
»Nun gut«, kam es nach einigem Zögern, »das Zeug wird irgendwo im Ausland, vielleicht in Schweden, schwarz gewoben, dann verschifft und hier in Stettin von einem Ring kleiner Schwarzhändler abgesetzt. Ich allerdings gehöre zu den größeren Verkäufern«, fügte er nicht ohne Stolz hinzu.
»Und was verdienen wir an der Geschichte?«, forschte Samek.
Sie wurden sich schnell handelseinig: Zwanzig Prozent Provision für jeden verkauften Meter, und sie sollten die Ware nicht zu billig abgeben, betonte der Alte, die Leute besäßen Geld genug, denn während des Krieges hätte man ja kaum etwas kaufen können. Dann zeigte er seinen beiden neuen Mitarbeitern eine kleine Kammer, in der sie ihr Nachtquartier aufschlagen konnten.
Das Geschäft lief besser, als sie erwartet hatten. Zunächst fuhren sie nur in die umliegenden Dörfer, dann dehnten sie ihr Verkaufsgebiet aber nach Norden und Osten aus, weil sie sich dort mehr Erfolg erhofften. Denn in den

meisten in der Nähe gelegenen Ortschaften war die Konkurrenz bereits gewesen, so hielt sich der Absatz in Grenzen. Nach Danzig hinaufzufahren, erschien ihnen sinnlos, denn sicher würden auch dort aus unbekannten Quellen stammende Stoffe von Schwarzhändlern angeboten. Aber in Bydgoszcz, östlich von Stettin, riss man ihnen ihre Ware förmlich aus den Händen. Viele Wochen waren sie dort, hatten das Auto vollgeladen und mussten abends zurückfahren, um Nachschub zu holen. Der Chef konnte den Erfolg kaum fassen, und nach wenigen Monaten erhöhte er ihre Provision auf dreißig Prozent.

»Warum versuchen wir es nicht mal in Deutschland?«, schlug Stanislaw eines Tages vor, als sie auf der Rückfahrt nach Stettin in Watcz eine Pause einlegten und in einem kleinen Wirtshaus ein Bier tranken. Samek antwortete zunächst nicht, starrte in sein Glas und schloss dann die Augen. Nach Deutschland? überlegte er und konnte sich nicht vorstellen, Menschen zu begegnen, deren Väter oder Söhne vielleicht an der Ermordung seiner Eltern und der anderen 18000 Juden von Luzk beteiligt gewesen waren. Wie würde er sich Deutschen gegenüber verhalten? Verspürte er Hass oder erfüllten ihn Rachegelüste? Daran hatte er bisher nie gedacht, nicht einmal während der langen Zeit seines Lazarettaufenthalts in Krakau. Dort hatte er nur gesund werden wollen, nichts weiter, und was seine Zukunft betraf, waren damals nicht einmal vage Vorstellungen entstanden.

»Wie kommst du denn auf diese Idee?«, fragte er schließlich und schaute Stan ungläubig an.

»Da leben doch viel mehr Menschen als hier«, lautete die Antwort, »zum Beispiel in Berlin, und dort wird man ebenso Stoffe brauchen wie in Bydgoszcz.«

Samek trank sein Bier aus, zog ein paar Zloty aus der Hosentasche, legte das Geld auf den Tisch und stand auf. »Lass uns später darüber reden, Stan, ich muss noch darüber nachdenken.«

Dann verließen sie die Wirtsstube und während der ganzen Fahrt zurück nach Stettin blieben sie stumm. Doch Sameks Gedanken kreisten unaufhörlich um Stanislaws Vorschlag und je mehr Zeit verstrich, desto verlockender erschien es ihm, einmal nach Berlin, in diese große Stadt, zu fahren, von der er kaum etwas wusste.

Am nächsten Morgen, nach einer heißen Augustnacht, in der er sich unruhig auf seiner Matratze hin und her gewälzt hatte, stand sein Entschluss fest: Er würde auf Stans Anregung eingehen. Als später der Chef in dem verdreckten Schuppen auftauchte, um die Lagerbestände aufzufüllen, machte Samek ihm klar, was sie vorhatten. Das wäre ihm gleichgültig, erwiderte der alte Schwarzhändler, ihm ginge es nur ums Geschäft. Wo sie die Stoffe verkaufen würden, interessiere ihn nicht im Geringsten.

»Kommt am Mittag mal zum Park. Ich kenne da jemanden, der auch gern nach Berlin will. Vielleicht könntet ihr ihn mitnehmen.« Ohne eine Antwort abzuwarten, verließ der Alte den Schuppen und fuhr zurück in die Stadt.

»Wir nehmen erst mal nichts mit«, erklärte Samek »Wir müssen zunächst die Lage erkunden, wie es an der Grenze ist, ob wir unsere Ware ohne Probleme nach Berlin bringen und so.«

Stanislaw widersprach nicht, zumal er Samek als denjenigen anerkannte, der die Lage durchschaute und die richtigen Entscheidungen traf. Das hatte sich gezeigt, als er den Stoffhandel nach Bydgoszcz verlegte, wo sie sich über mangelnden Erfolg nicht beklagen mussten. Er fühlte die Freundschaft von Tag zu Tag fester werden und das machte ihn glücklich. Während der Fahrten war Samek eigentlich immer guter Laune, machte mit den Kunden seine Witze, was sich vorteilhaft auf das Geschäft auswirkte, und Stan wurde davon angesteckt und dachte immer seltener an die furchtbaren Ereignisse auf dem kleinen Bauernhof in der Nähe von Hrubleszów.

»Hast du mich verstanden?«, riss Samek ihn aus seinem Grübeln.

»Ja, natürlich«, beeilte er sich zu versichern, »wir dürfen kein Risiko eingehen, da hast du völlig recht.«

»Stell dir vor, wir könnten in Berlin Dollar verdienen!« Samek geriet bei diesem Gedanken fast ins Schwärmen und steckte Stanislaw damit an.

»Dollar! Wie so ein Dollar wohl aussieht?«

»Das wirst du noch früh genug erfahren, wenn wir in Berlin unsere Stoffe verkaufen.«

»An die Amerikaner?«, fragte Stan mehr verblüfft als zweifelnd. »Die Amerikaner sind doch reich, die brauchen unser Zeug bestimmt nicht.«

»Dann eben die Deutschen«, erwiderte Samek und es klang ungeduldig.

»Das sind bestimmt ebenso arme Hunde wie die Polen«, lachte Stan und bemerkte nicht, dass sich Sameks Miene verfinsterte. »Warten wir's ab«, sagte er unwirsch. »Dann versuchen wir es eben mit etwas anderem. Berlin hat bestimmt auch einen Schwarzmarkt.«

»Und was wollen wir dort verkaufen?«

»Es wird sich schon etwas finden, schließlich haben wir hier ja auch Glück gehabt«, entgegnete Samek, nun wieder freundlich. »Komm, es wird Zeit, dass wir zum Chef fahren.«

Wie immer war die Menschenmenge im Park kaum überschaubar, und es dauerte einige Zeit, bis sie den Alten fanden. »Wartet hier«, hieß es, »ich hole den jungen Mann.«

Samek Witos glaubte zu träumen: Neben dem Chef tauchte Janek Klaymann aus dem Getümmel auf, der wie angewurzelt stehen blieb, als er seinen Schulkameraden aus Luzk sah. Nur zögernd kam er näher, seine Lippen bewegten sich, als würde er lautlos stammeln, doch dann stieß er einen Schrei aus und stürzte auf Samek zu. Tränen liefen ihm über die Wangen, als er ihn umarmte, während sie von Stan und dem Alten verständnislos angestarrt wurden.

»Samek, Samek«, murmelte Klaymann immer wieder und presste ihn fest an sich. Samek dagegen blieb stumm, und wenn er nicht Janeks Körper gefühlt hätte, wäre ihm das alles wie eine Fata Morgana erschienen. Aus einem nicht begreiflichen Grund erwiderte er die Umarmung nicht und wünschte, Janek würde endlich seine Hände von ihm lassen und es schien ihm wie eine Ewigkeit, bis es so weit war.

»Dass du überlebt hast«, stotterte Klaymann und streckte erneut die Arme aus, doch Samek wich zurück und drehte sich beiseite.

»Wie kommst du denn hierher?«, wollte er wissen, bekam aber keine Antwort, zu sehr schien Janek von dem unverhofften Wiedersehen überrascht worden zu sein.

»Ihr kennt euch?«, mischte sich Stanislaw ein, und auch der Chef betrachtete voller Neugier die beiden ehemaligen Schulkameraden aus Luzk.

Samek nickte nur und verspürte keine Lust, dem Schwarzhändler nähere Einzelheiten zu erklären. Er machte Janek und Stan ein Zeichen, deutete zu dem Opel P4 und ging den beiden voraus. Klaymann fragte nicht danach, wie Samek zu dem Automobil gekommen war, wie er überhaupt in diesem Augenblick keinen klaren Gedanken fassen konnte.

»Ja, ich habe im Krieg bei den Partisanen und in einer Befreiungsarmee gekämpft«, berichtete Janek, als die drei jungen Männer kurz darauf in einem der wenigen Wirtshäuser saßen, das nicht zerstört worden war. Samek stellte keine Fragen, hörte nur zu und beobachtete Klaymann dabei, dessen linkes Augenlid in kurzen Abständen zuckte. Witos fragte sich, ob diese Zuckung Nervosität bedeutete, und auch das seltsam abgehackte Sprechen verwunderte ihn, und langsam keimte in ihm der Verdacht, dass Janek irgendwas verschwieg oder ihn belog.

»Und du hast das alles ohne Schaden überstanden?« Es klang weniger wie eine Frage, sondern eher wie eine Feststellung.

»Gott sei Dank«, beeilte sich Klaymann zu versichern. »Ich habe rechtzeitig in Warschau untertauchen können und habe in meinem Versteck überlebt.«

Nein, in dem fast völlig zerstörten Warschau habe er nicht bleiben können, dort gäbe es keinerlei Zukunft, jedenfalls nicht für einen, der keinen erlernten Beruf hat. Außerdem sei es schon seit langem sein Wunsch gewesen, aus Polen fortzugehen, und als Ausgangspunkt dafür habe ihm Stettin vorgeschwebt, wenn er auch nicht wisse warum. Hafenstädte hätten schon immer eine gewisse Anziehungskraft für ihn gehabt. Und wenn er nun mit Samek nach Berlin fahren könne, ginge sein Wunsch in Erfül-

lung, denn von dort würde er nicht mehr hierher zurückkehren.
»Und was willst du in Berlin?«, fragte Samek.
Klaymann flüsterte auf einmal und schaute sich um, ob auch niemand an den Nachbartischen zuhörte. »Ich habe von einem schwedischen Matrosen zwanzig Kilogramm Kaffee bekommen, und die will ich in Berlin verkaufen.«
»Zwanzig Kilo«, staunte Stanislaw und zog an seiner Zigarette, »was hast du denn dafür bezahlt?«
Janek legte kurz seinen Zeigefinger auf die Lippen, und dann kam es noch leiser: »Das ist mein Geheimnis.«
»Also gut«, brach Samek das Gespräch ab, »sei morgen früh wieder hier, wir holen dich dann ab. Aber das sage ich dir: Wenn wir an der Grenze oder irgendwo kontrolliert werden und dein Kaffee entdeckt wird, dann wissen Stanislaw und ich von gar nichts, und du kannst dann aussteigen und sehen, wie du weiterkommst.«

VI.

»Vorsätzlicher Mord, mein Lieber, daran gibt es doch nichts zu deuteln.« Urs Spörri hatte Beat Studer rein zufällig im Untersuchungsgefängnis getroffen, als der Staatsanwalt das Gebäude gerade verlassen wollte. »Ich frage mich wirklich, wie du deinen Mandanten verteidigen willst.«

»So weit sind wir ja noch nicht«, entgegnete Studer, »die Hintergründe liegen noch völlig im Dunkeln.«

»Wer fragt denn da nach Hintergründen? Witos hat den Klaymann erschossen, und damit basta.« Spörris Stimme klang gereizt und er fuchtelte mit der Rechten in der Luft herum, als stünde er im Gerichtssaal und trüge seine Anklage vor.

»Mach es dir nicht zu einfach«, antwortete Studer und bemühte sich, nicht in den gleichen Ton zu verfallen, wie der Staatsanwalt ihn angeschlagen hatte. »So, und nun muss ich zu meinem Klienten.« Damit beendete der junge Rechtsanwalt das unerfreuliche Gespräch, drehte sich abrupt um und betrat das Untersuchungsgefängnis, wo ihn der Dienst habende Beamte an der Pforte freundlich begrüßte. Im Vernehmungsraum musste er noch einige Zeit auf Samek Witos warten und er blätterte in seinen Unterlagen, die er am Vorabend in der Kanzlei noch durch die Notizen über sein erstes Gespräch mit dem Beschuldigten vervollständigt hatte. Der Spörri macht es sich wirklich leicht, dachte er, aber damit lasse ich ihn nicht durchkommen. Ehe er nicht alles erfahren hätte, was in den neun Jahren seit Witos' Eintreffen in Stettin geschehen war, würde er notfalls beantragen, den Prozessbeginn zu verschieben. Sein Mandant machte auf ihn nicht den Eindruck, aus reiner Mordlust gehandelt zu haben, und er musste alle Einzelheiten wissen, die Samek Witos in der Polizei-Hauptwache zu der Erklärung veranlasst hatten, er hätte Janek Klaymann »um der Gerechtigkeit willen« töten müssen.

»Schalom«, begrüßte Witos seinen Verteidiger, der ihm die Hand gab und ihn dann zum Sitzen aufforderte.

Wie es denn weitergegangen sei, als Samek, Stanislaw und Klaymann in Berlin eingetroffen waren, wollte Beat Studer wissen, während er seinen Notizblock vor sich hinlegte.

»Janek hatte Recht behalten«, antwortete Witos, »es war für uns Polen kein Problem, über die Grenze zu fahren. Die sowjetischen Soldaten haben uns sogar zugewinkt und gelacht.«

»Berlin muss ein furchtbarer Anblick gewesen sein«, meinte Beat Studer, »die zerbombten Häuser, die ...«

Samek Witos' Gesichtsausdruck veränderte sich plötzlich und bekam etwas Starres; er presste die Lippen zusammen, und seine Augen verbargen sich nur noch hinter einem schmalen Schlitz. »Ja«, sagte er mit eisiger Stimme, »es waren keine schönen Bilder. Aber das hat mich nicht beeindruckt und die Menschen, meistens in schäbigen Kleidern, waren mir völlig gleichgültig. Wären sie in den Trümmern tot umgefallen, hätte mich das nicht berührt.« Als er Studers erstaunten, fast erschrockenen Blick sah, fügte er rasch hinzu: »Die hatten doch Väter, Söhne, Brü-

der, die meine Eltern, die Juden von Luzk, in Warschau und überall in Polen ermordet hatten. Wie hätte ich da Mitleid haben können?«
Beat Studer erwiderte nichts, drehte sein Gesicht zu dem vergitterten Fenster des Vernehmungszimmers und starrte durch die nahen Scheiben auf die Straße hinaus. Wer will ihn dafür verurteilen, dachte er, war diese Verbitterung nicht nur allzu verständlich? Es fiel ihm nicht leicht, das Gespräch wieder auf Sameks Besuch in Berlin zu lenken, doch es musste sein, wollte er den Faden nicht abreißen lassen. Er räusperte sich, schaute sein Gegenüber wieder an und wollte wissen, wie es in der Trümmerstadt weitergegangen sei.
»Stanislaw und ich haben den Schwarzmarkt erkundet, um zu erfahren, ob sich dort mit Stoffen etwas anfangen ließe.« Samek schwieg einen Moment, als müsste er sich die Bilder wieder ins Gedächtnis zurückrufen, Bilder, die ihn noch lange begleiteten, als er Jahre später in Tel Aviv, New York oder Zürich war.
»Und wie waren die Aussichten?«, holte Beat Studer seinen Mandanten wieder in die Wirklichkeit des tristen Vernehmungszimmers zurück.
»Gar nicht rosig, überhaupt nicht. Zigaretten wurden verlangt, Esswaren, und dafür boten die Deutschen Schmuckstücke, sogar Gold und Brillanten.«
Es war dem Anwalt unverständlich, dass für Tabakwaren Familienjuwelen geboten wurden; hatten die Leute keine anderen Bedürfnisse gehabt? Aber wie konnte er sich in die Menschen in einer zerbombten Stadt nach einem verlorenen Krieg hineinversetzen – er, der diese Zeit in der Geborgenheit der Schweiz verbracht hatte?
»Wir haben nach ein paar Tagen aufgegeben, Kunden

für unsere Ware zu finden«, fuhr Samek fort, »und sind nach Stettin zurückgekehrt.«

»Und Janek Klaymann?«

»Der ist nicht wieder aufgetaucht, blieb unsichtbar ... Und wir haben auch nicht nach ihm gesucht.«

Immerhin, trotz aller Erfolglosigkeit hatte die kurze Zeit in Berlin bei Samek und Stanislaw ihre Spuren hinterlassen. Die ehemalige deutsche Metropole war trotz aller Zerstörungen doch etwas anderes als die polnische Hafenstadt an der Ostsee. Aber es blieb den beiden nichts anderes übrig, als zurückzukehren. Der Chef schien sich über die Heimkunft seiner so erfolgreichen Mitarbeiter zu freuen, auch wenn er das nicht zeigte. Sie bereisten wieder das Gebiet um Bydgoszcz, fanden neue Abnehmer, und als ihnen eines Tages jemand seine Dienste anbot, der den Absatzmarkt weiter nach Osten ausdehnen wollte, schlossen sie mit ihm einen Vertrag und vertrauten seiner Fähigkeit, das Geschäft auszubauen.

»Das hört sich doch ganz gut an«, warf Studer ein und hatte in keiner Weise das Gefühl, Samek Witos würde übertreiben oder gar die Unwahrheit sagen.

»Nun ja, wir konnten uns nicht beklagen, und eigentlich fehlte es auch an nichts. Aber sehen Sie, Herr Anwalt, auf die Dauer war es doch eine unbefriedigende, langweilige Angelegenheit.« Samek fuhr sich mit dem Handrücken über die Stirn, als müsste er Schweißperlen wegwischen, aber es war eher eine Geste der Ratlosigkeit, weil er sich nicht darüber im Klaren war, ob Beat Studer ihn auch wirklich verstand und die damaligen Verhältnisse nachvollziehen konnte.

Der Züricher Rechtsanwalt versuchte sich vorzustellen, wie da zwei junge Menschen ohne jede Ausbildung, wenn

man von Sameks militärischer Schulung in der Armee Wassiliewsky absah, mit Stoffballen in einem Opel P4 durch die polnische Landschaft kurvten, um sich damit einen bescheidenen Lebensunterhalt zu verdienen. Abgebrochener Schulbesuch, keine Lehre und damit ohne Grundlage für einen geregelten Beruf ... Beat Studer hatte sich wenige Jahre zuvor bei einem Besuch in Frankfurt ein ungefähres Bild davon machen können. Er war mit einem gleichaltrigen deutschen Kollegen abends in eine Bar in Bahnhofsnähe gegangen und hatte sich gewundert, dass das Personal Jiddisch miteinander sprach. Die Nachtlokale waren fast ausschließlich in den Händen von Juden aus dem Osten, die von der Gewerbefreiheit in der amerikanisch besetzten Zone profitierten, hatte er von seinem Frankfurter Kollegen erfahren. Der Barkeeper, der das Gespräch der beiden Anwälte mitgehört hatte, hatte grinsend gesagt: Stimmt, aber die Nutten sind Schicksen.
»Wie ging es weiter?«, fand Beat Studer in die Wirklichkeit zurück.
Samek antwortete nicht sofort und es schien, als müsste er erst seine Gedanken ordnen, um sich an die ein Jahrzehnt zurückliegende Zeit in Stettin zu erinnern. Beat Studer drängte nicht auf eine Antwort und beobachtete seinen Klienten, der regungslos, die Arme aufgestützt, ihm gegenüber am Tisch saß. Eigentlich ein angenehmer Bursche, dachte der Anwalt, er sieht gut aus und hat bestimmt Erfolg bei Frauen. Samek und er waren ungefähr gleich groß, wenn die Statur seines Mandanten auch kräftiger wirkte, als hätte er viel Sport getrieben. Das dunkle, fast schwarze Haar war dicht und gewellt, und gelegentlich fiel Samek eine Strähne in die Stirn. Die braunen Augen wurden von ungewöhnlich langen Wimpern umrahmt

und glänzten, als wären sie feucht. Seine Hände waren feingliedrig und hätten zu einem Pianisten gepasst, während die Stimmlage zwischen Bariton und Tenor schwankte, wobei erstere dann vorherrschte, wenn Samek von den wenigen glücklichen Augenblicken in seiner Jugend erzählte. Sie klang höher bei seinen Berichten über die Kriegsjahre, wobei sich die Stimme jedoch niemals überschlug, selbst dann nicht, wenn er auf den Mord an seinen Eltern und den Juden von Luzk zu sprechen kam. Nein, er machte keinen gebrochenen Eindruck und zeigte auch keine besondere Regung, wenn der Name Klaymann fiel, den er »um der Gerechtigkeit willen« getötet hatte.

»Das hatte keine Zukunft«, fuhr Samek nach einer ganzen Weile fort, »der Stoffhandel nicht, und auch nicht das Leben in Polen.« Stanislaw war auch in dieser Hinsicht seiner Meinung gewesen und damit einverstanden, die Existenz in Stettin aufzugeben und fürs Erste ganz nach Berlin umzuziehen.

»Eine Zukunft etwa unter Deutschen?«, warf Studer ein und blickte Samek erstaunt an.

»Natürlich nicht, Herr Anwalt, das war unvorstellbar.« Samek Witos hielt kurz inne, ehe er fortfuhr: »Wissen Sie, bei unseren Besuchen in Berlin haben wir auch Amerikaner kennen gelernt und die erschienen uns wie aus einer anderen Welt. Sie waren freundlich, hilfsbereit und so völlig unbeschwert, das hat schon Eindruck auf uns gemacht. Und so haben wir uns dann eines Tages entschlossen, nach Amerika auszuwandern.«

Der Abschied von Stettin und dem Chef, dem alten Schwarzhändler in der Hafenstadt an der Ostsee, fiel ih-

nen nicht schwer, wenn er es auch bedauerte, so erfolgreiche Mitarbeiter zu verlieren. Aber er verstand die beiden jungen Männer, denn er konnte ihnen nicht garantieren, dass der Stoffhandel bis in alle Ewigkeit weitergehen würde. Er schenkte ihnen – für alle Fälle, wie er sagte – vor ihrer Abfahrt noch einen Ballen seiner wertvollsten Ware und wünschte ihnen für die Zukunft alles Gute.
Wie schon beim ersten Mal erreichten sie Berlin ohne Kontrollen, fragten nach dem Weg zum Stadtteil Schlachtensee und fuhren bald darauf am dortigen UNRRA-Lager vor. Bei einem der letzten Aufenthalte in der ehemaligen deutschen Reichshauptstadt hatte Samek von der 1943 in Atlanta City gegründeten und 1945 von der UNO übernommenen Hilfsorganisation erfahren, die Flüchtlinge und Verschleppte, Displaced Persons genannt, unterstützen sollte.
»Man wird uns hier bestimmt das Auto stehlen«, bemerkte Stanislaw Berkowitsch, als er die vielen, zum Teil wenig Vertrauen erweckenden Gestalten sah, die vor dem Lagereingang herumlungerten und neugierig zu ihnen herüberstarrten.
»Schon möglich«, antwortete Samek in aller Ruhe, »aber dazu wird es nicht kommen.«
»Willst du es etwa Tag und Nacht bewachen?«
»Nein, verkaufen.« Samek lächelte und seine Blicke wanderten dabei wie suchend über die erbärmlich wirkenden Figuren am Lagertor.
»An wen denn?«, wollte Stan wissen und schüttelte den Kopf, als wäre dies eine völlig verrückte Idee.
»Es wird sich schon jemand finden, wart nur ab.«
Es klang derart überzeugt, als hätte Samek schon einen Käufer in Aussicht, und Stanislaw drang nicht weiter in

ihn, weil er wusste, dass sich sein Freund nicht von seinem Vorhaben abbringen lassen würde.
Plötzlich zuckte Samek zusammen und griff nach Stans Arm. »Dort, schau mal«, presste er aufgeregt hervor und deutete mit der freien Hand zum Lager hinüber, »siehst du denn nicht?«
Stan schwieg, denn er konnte beim besten Willen nichts Aufregendes erkennen.
»Das ist doch Klaymann, Janek Klaymann!«
Bevor Stan antworten konnte, hatte Samek ihn losgelassen und war ausgestiegen. Mit schnellen Schritten überquerte er die Straße und erreichte Janek, ehe der im Lager verschwinden konnte.
»Das gibt es doch nicht, wo kommst du denn her?« Klaymann wollte Witos umarmen, doch der wich zur Seite und gab ihm mit knappen Worten Auskunft. »Du willst also hier bleiben? Dann kann ich dir natürlich helfen.«
Während Stanislaw im Wagen wartete, gingen Klaymann und Samek zur Lagerleitung und erledigten die Aufenthaltsformalitäten. Es war leichter, als Witos erwartet hatte, aber es war nicht zu übersehen, dass Janek hier bekannt und anscheinend in hohem Maße geachtet war. Es dauerte keine halbe Stunde, bis Samek für sich und Stan die notwendigen Papiere erhielt und zur großen Schar der Displaced Persons gehörten.
»Du willst das Auto verkaufen? No problem.« Klaymann hatte sich seit ihrer letzten Begegnung offensichtlich verändert: Er trug einen hellgrauen Sommeranzug aus bestem Stoff, dazu eine passende Krawatte und funkelnagelneue Halbschuhe mit dicken Kreppsohlen. Er wirkte wie ein wohlhabender Geschäftsmann, und Samek fragte sich, wie Klaymann zu seinem Wohlstand gekommen war. Aber

es schien ihm noch zu früh, ihn danach zu fragen, und außerdem verspürte er ein unerklärliches Gefühl, das ihn vorsichtig sein ließ.
Janek bemerkte Sameks Zurückhaltung jedoch nicht und sprudelte fast über vor Freude, als hätte er endlich einen lange vermissten Freund wieder gefunden. »Also, die Sache mit dem Auto ist kein Problem«, wiederholte er, und es klang, als wäre der Opel P4 bereits verkauft. »Ich werde dir helfen; es wird nicht lange dauern, bis ich einen Abnehmer gefunden habe.«
Samek hörte schweigend zu und fragte sich, ob Stanislaw und er ebenfalls einen solchen Erfolg haben würden, wie Klaymann ihn zweifellos seit seinem Fortgang aus Stettin hatte.
»Das war ganz einfach«, erklärte Janek am darauf folgenden Tag in einem kleinen Café am Kurfürstendamm, nachdem Sameks Auto binnen weniger Minuten den Besitzer gewechselt hatte. »Ich hatte doch die zwanzig Kilogramm Kaffee.« Janek konnte seinen Stolz nicht verbergen, als er erzählte, wie er den Kaffee, den er von einem schwedischen Seemann bekommen hatte, auf dem Schwarzmarkt zu Gold machen konnte.
»Gold?«, fragte Stanislaw ungläubig. »Wer zahlt denn Gold für Kaffeebohnen?«
»Deutsche, natürlich«, lautete die Antwort, »die haben während des Krieges doch nur irgendwelchen Ersatz getrunken, und jetzt sind sie ganz wild auf was Echtes.«
»Und dafür geben sie so Wertvolles her?«
»Noch für ganz andere Dinge«, klärte Klaymann die beiden Freunde auf, ohne jedoch Einzelheiten zu nennen. Dann wechselte er das Thema und fühlte sich Stan und Samek überlegen, weil die nichts von den Geschäften

wussten, die man hier in Berlin machen konnte, wenn man es nur richtig anstellte. »Ihr habt jetzt die besten Chancen mit euren hundert Dollar.«

»Sameks Dollar«, fiel ihm Stanislaw ins Wort.

»Meinetwegen, Sameks Dollar. Die sind die beste Grundlage.«

Samek wusste nicht, ob die hundert Dollar, die er in seiner Jackentasche verstaut hatte, ein gerechter Preis für seinen in Krakau als Anerkennung geschenkten Opel P4 waren. Doch Janek erklärte ihm, dass man für so einen alten Wagen eben nicht mehr herausschinden könne, und Samek ließ sich auf keine Auseinandersetzung ein, weil er wusste, dass in dieser Zeit jeder Dollar in Deutschland ein kleines Vermögen bedeutete. Er bemühte sich, seine anfängliche Zurückhaltung Klaymann gegenüber zu unterdrücken. Immerhin, sagte sich Samek, er versucht zu helfen, hat es ja schon getan, denn ohne ihn wären sie bestimmt nicht so reibungslos und schnell im Lager aufgenommen worden, und dass er den Wagen so schnell hatte an den Mann bringen können, das musste er ihm eigentlich hoch anrechnen. Im Grunde genommen konnte er nichts vorbringen, was seine Vorbehalte gegenüber Klaymann hätte erklären können. Gewiss, er kannte Janek nur wenig, und die gemeinsame Schulzeit in Luzk lag schon lange zurück; aber war das ein Grund, ihm zu misstrauen? Und vielleicht wollte Klaymann ja wirklich nichts weiter, als ihm ganz einfach helfen, in der für ihn unbekannten Welt festen Boden unter die Füße zu bekommen.

»Du musst dein Geld in Gold oder Juwelen anlegen«, hörte er in seine Gedanken hinein, »aber auch im Lager hast du Möglichkeiten, lohnende Geschäfte zu machen.«

»Die Leute im Lager haben doch selbst nichts«, warf Stanislaw ein, »wie soll man mit denen Geschäfte machen?«
Janek Klaymann ließ sich seine Überlegenheit nicht anmerken, war sich aber seiner Stellung innerhalb der Schwarzmarkthierarchie voll und ganz bewusst und wurde von seinen Konkurrenten ernst genommen und respektiert, wenn nicht gar gefürchtet. Manch einem hatte er in der zurückliegenden Zeit sogar Hochachtung abgerungen, wenn er ein Geschäft hatte abschließen können, an das sich andere nicht einmal herangewagt hätten. Er schämte sich seines Reichtums nicht, der gemessen an dem anderer Schwarzhändler enorm war, und lebte auch schon lange nicht mehr im Lager. Wenn er es besuchte, dann eben nur, um irgendwas zu verkaufen. In Dahlem, einem der vornehmsten Stadtviertel Berlins, das dem Bombenhagel der alliierten Kampfverbände weitgehend entgangen war, hatte er sich in einer leer stehenden Villa einquartiert, zusammen mit einigen anderen Polen, zu denen er aber kaum Kontakt unterhielt und sich auch nicht dafür interessierte, wovon sie ihren Lebensunterhalt bestritten.
»Das stimmt nicht ganz«, ging er auf Stanislaws Vermutung ein, »es gibt im Lager Lebensmittel und Tabak in Hülle und Fülle. Sie sind von den Flüchtlingen für wenig Geld zu haben. Und die Teigwaren, den Reis, die Erdnussbutter oder Zigaretten und was es sonst noch alles gibt, kann man bei den Deutschen gegen Gold, Edelsteine oder andere Wertgegenstände eintauschen.«
»Und was macht man damit?« wollte Stan wissen.
»Verkaufen, an die Amerikaner natürlich und ...«
»Gegen Dollar?«, unterbrach ihn Stanislaw Berkowitsch.
»Was denn sonst?«, klang es fast ärgerlich. »Meinst du

etwa, es lässt sich mit deutscher Reichsmark etwas anfangen?«
Samek hatte die ganze Zeit über geschwiegen, aber aufmerksam zugehört. Zweifellos stimmte es, was Klaymann schilderte, denn wie sonst hätte er sich so elegant kleiden können, und es sollte ihn nicht verwundern, wenn er sogar ein Auto besaß. Witos fragte ihn danach, was Janek nicht im Geringsten überraschte.
»Aber selbstverständlich, Sam.«
»Und von wem hast du es gekauft? Von den Amerikanern?«
»Das war ganz einfach«, lachte Klaymann, »ein alter Nazi hat ihn mir überlassen, bevor der Wagen beschlagnahmt werden konnte. Für ein paar Dollar hat er ihn hergegeben, besser als nichts, denn losgeworden wäre er ihn sowieso.«

»Und Sie haben die Ratschläge Klaymanns befolgt.« Es war mehr eine Feststellung als eine Frage, mit der Beat Studer Samek Witos' Bericht unterbrach.
»Ratschläge kann man es nicht nennen, eher Hinweise, und es hat nur ein paar Tage gedauert, bis die Geschäfte liefen.« Eine leichte Entrüstung war unüberhörbar, als hätte es Samek gar nicht notwendig gehabt, sich von Klaymann unterweisen zu lassen, doch Studer achtete nicht darauf und fragte, wie es denn mit den Auswanderungsplänen bestellt gewesen sei.
»Da hat sich in der ersten Zeit nichts getan«, lautete die Antwort, »der Tausch Zigaretten und Lebensmittel gegen Gold und Edelsteine lief viel zu gut, um an Amerika zu denken. Manchmal konnten Stanislaw und ich das Zeug gar nicht so schnell besorgen, wie es auf dem

Schwarzmarkt verlangt wurde.« Die Verstimmung war verschwunden und es klang jetzt fast ein wenig stolz, als Samek von seinen Erfolgen sprach. Ja, er habe schon nach wenigen Monaten ein ansehnliches Vermögen beisammen gehabt und je größer es wurde, das müsse er zugeben, umso süchtiger sei er nach mehr und mehr Dollar geworden.
»Mit Klaymann hatten Sie nichts mehr zu tun?« Beat Studer lenkte das Gespräch auf das Mordopfer, weil er Sameks Erzählungen nicht ausufern lassen wollte.
»Eine ganze Zeit lang nicht.« Hatte es bisher eher heiter geklungen, was Samek von seiner Zeit in Berlin berichtete, wurde er mit einem Schlag ernst. »Ich habe nur hin und wieder gehört, dass er noch viel erfolgreicher war als Stan und ich, und unser erstes Wiedersehen kam dann unter ganz besonderen Umständen zustande.« Samek bedeckte sein Gesicht mit beiden Händen, als wollte er Beat Studer seine aufsteigende Wut nicht sehen lassen.
»Besondere Umstände? Welche?«
»Es war der Anfang von dem, was in der Freiestraße endete«, antwortete Samek mit tonloser Stimme.
»Das müssen Sie mir erklären, Herr Witos.«
Samek lehnte sich zurück, schloss für einen Moment die Augen und verkrampfte seine Hände in den Oberschenkeln. Sie lösten sich nur langsam, während er Beat Studer ansah und dann fortfuhr:
»Es war im Herbst 1948, wir waren schon über zwei Jahre in Berlin, da schenkte ich irgendeinem armen deutschen Teufel auf dem Schwarzmarkt eine Zigarette. Daraus entstand ein loser Kontakt und eines Tages stellte mir der Deutsche einen Mann vor, der sich nie anders als ›Professor‹ nannte.«

Der Anwalt ließ seinen Blick nicht von Samek und wusste, dass er jetzt das Ende eines langen Fadens in der Hand hielt, der sich bis zum 15. April des Jahres 1954 hinziehen und Kernstück seines Plädoyers im bevorstehenden Prozess vor dem Züricher Obergericht sein würde. Er nickte Samek aufmunternd zu, während er sich eine Zigarette anzündete und danach das silberne Etui, ein Geburtstagsgeschenk von Lena, wieder in die Westentasche zurückschob.
»Der ›Professor‹ verriet mir bei einem unserer seltenen Treffen, dass er aus alten Wehrmachtsbeständen eine Kiste besäße, in der sich ein Gramm Radium befände, das er ›sichergestellt‹ habe und jetzt gern verkaufen würde.«
Beat Studer hatte mit wachsendem Interesse zugehört und da er zu wenig über Radium wusste, wollte er sich gleich nach seiner Rückkehr in die Kanzlei am Talacker darüber informieren. »Wieso hat er ausgerechnet Sie ins Vertrauen gezogen?«, wollte Studer wissen.
»Er war der Meinung, ich sei Mitglied der polnischen Militärmission, und ich habe ihm seinen Glauben gelassen. Der ›Professor‹ nahm an, die Polen könnten Interesse an dem Stoff haben, deshalb hat er mich eingeweiht.« Samek lächelte, als er daran zurückdachte, wurde aber schnell wieder ernst. »Ich habe natürlich von Radium nichts verstanden und deshalb meinen Freund Stanislaw ins Vertrauen gezogen und hin und her überlegt, wie man das Material an den Mann bringen könnte. Das war aber viel schwieriger, als wir uns das vorgestellt hatten.«
»Das kann ich mir denken«, warf Beat Studer ein, »denn wer will schon mit einem solch gefährlichen Material zu tun haben?«
»Wir haben es über Mittelsmänner bei den Polen ver-

sucht, bei den Amerikanern ... aber niemand wollte das Zeug, und wir waren schon dabei, die ganze Sache aufzugeben.«
Der Anwalt schaute Samek an, als wollte er ihn ermuntern, die Geschichte zu Ende zu bringen. Doch Witos schwieg vorerst, atmete tief durch und erinnerte sich jetzt ganz deutlich, wie Stanislaw eines Tages aufgeregt zu ihm kam und sagte, dass er Klaymann getroffen habe. Der hätte gute Beziehungen zu den Russen und wollte gern in das, wie er glaubte, ganz große Geschäft einsteigen.
»Da haben Sie Klaymann zum ersten Mal wieder gesehen?«
»Ja, und er war sicher, dass die Russen das Radium kaufen würden.« Samek Witos schüttelte den Kopf, als wunderte er sich jetzt noch darüber, dass er seinem Glaubensbruder aus Luzk in jenen Augusttagen 1948 in Berlin so sehr vertraut und wohl auch auf das Radium-Geschäft gehofft hatte.
»Und wie ging es weiter?« Anwalt Studer schaute auf die Armbanduhr; er konnte sich nicht mehr allzu lange bei Witos aufhalten, da in seiner Kanzlei noch andere Klienten warteten.
»Der ›Professor‹ übergab Klaymann in unserem Beisein, das heißt von Stan und mir, die schwere, mit einem deutschen Amtssiegel plombierte Kiste, und Janek versicherte, das Radium umgehend nach Ostberlin zu transportieren und den Russen zu übergeben.«
Samek machte eine kurze Pause, fuhr sich mit der Hand durchs Haar, ehe er weitersprach:
»Ob er die Kiste dort wirklich abgeliefert hat ... ich weiß es nicht, kann sein, kann aber auch nicht sein. Jedenfalls dauerte es einige Wochen, bis Klaymann endlich wieder

auftauchte und erklärte, die Prüfung in Moskau hätte ergeben, dass das mit dem angeblichen Radium alles Schwindel sei.«

»Haben Sie die Kiste zurückbekommen?«

»Ja, das war schon Ende Oktober, und ob Sie es glauben oder nicht: die Kiste war leer. Doch da wir mit der ganzen Sache so viel Umstände gehabt hätten, bot er mir 5000 Dollar ›Schadenersatz‹ an ...«

»... die Sie genommen haben.«

»Nein, Stanislaw und ich haben sie dem ›Professor‹ gegeben, denn schließlich kam die Kiste ja von ihm.«

»Aber Sie haben Klaymann nicht geglaubt?«

»Ja, denn wir haben nicht verstanden, warum die Russen das angeblich falsche Radium nicht mit zurückgeschickt hatten. Und Klaymann hatte keine Erklärung dafür. Da war uns klar, dass er uns alle betrogen hatte.«

VII.

Beat Studer wollte gerade das Gefängnis verlassen, als ihn der Untersuchungsrichter ansprach und sich erkundigte, wie weit er in seinen Unterhaltungen mit Samek Witos gekommen sei.
»Wir sind noch immer in Berlin und bei der Radium-Geschichte«, antwortete er.
»Bei mir ist es nicht anders. Glauben Sie ihm eigentlich?«
Der junge Anwalt zögerte keinen Augenblick: »Ja.«
Den Richter verwunderte das nicht, und wie sich herausstellte, schätzten sie den Untersuchungshäftling gleich ein: als einen jungen Mann mit tiefem Gerechtigkeitssinn, was ihn von dem verübten Mord jedoch in keiner Weise freisprechen konnte. »Bisher kann ich noch kein Tatmotiv erkennen«, sagte der Richter, »das Radium-Geschäft kann doch wohl nicht dafür herhalten.«
»Da bin ich mir nicht so sicher«, entgegnete Studer, »allerdings müsste man in Berlin Zeugen sprechen können, falls es noch welche gibt.«
»Daran habe ich auch schon gedacht, obwohl ... na, Sie wissen schon: Geld wird dafür nicht zur Verfügung stehen.«
»Und wie steht's mit Amtshilfe der Berliner Kollegen?«
»Man könnte es versuchen, obwohl das unser Kollege Spörri sicher nicht allzu gern sehen würde. Wenn es nach ihm ginge, wäre der Prozess schon morgen«, und dabei

verzog der Richter die Mundwinkel, was Studer nicht verborgen blieb.
»Sie stehen also nicht unter Zeitdruck?«
»Ganz und gar nicht«, meinte der Richter, »und ich will Ihnen auch sagen, warum.« Einige Büroangestellte, die grüßend vorbeigingen, unterbrachen für einen Moment das Gespräch. »Sehen Sie, Herr Kollege Studer, nach meiner Meinung ist der Fall Witos mehr als nur ein reiner Mordfall, und man muss die ganze Geschichte sehr vorsichtig behandeln.«
Studer ahnte, worauf der Richter hinaus wollte: »Sie glauben, weil es um Juden geht?«
»Ganz recht, und außerdem noch aus dem Osten.« Der Untersuchungsrichter verstummte einige Sekunden lang und blickte auf den bräunlichen Steinboden. »Sie wissen doch so gut wie ich, dass die Ressentiments gegenüber Juden noch weit verbreitet sind. Wir müssen alles tun, um da nicht noch Öl ins Feuer zu gießen.«
Beat Studer musste plötzlich an Spörris Verhalten bei ihrem gemeinsamen Essen in der Kronenhalle denken, als der Bankier Dreyfuß an ihrem Tisch vorbeigegangen war. Den abfälligen Ton hatte er jetzt noch im Ohr, und er befürchtete, der Bezirksstaatsanwalt könnte ihn auch im Prozess nicht ablegen und dadurch bei den Zuhörern antisemitische Empfindungen wecken.
»Wir bleiben in Verbindung«, verabschiedete sich der Richter und nickte Studer freundlich zu.
Eigentlich hatte der junge Anwalt auf einmal keine Lust mehr, in seine Kanzlei zurückzukehren, und es kostete ihn einige Überwindung, den Weg in Richtung Talacker einzuschlagen. Ich kann mich nicht nur mit dem Fall Witos beschäftigen, redete er sich zu, schließlich habe

ich noch andere Klienten. Schon während des ersten Semesters hatte ihm sein Vater eingehämmert, niemals irgendeinem Mandanten den Vorzug zu geben. Vor allem dürfte ein Anwalt sich nicht zu Gefühlen hinreißen lassen, die seine Unparteilichkeit beeinflussen könnten. Da muss ich aufpassen, sagte er sich, denn an vielem, was Samek Witos erlebt hatte, war seine Anteilnahme größer, als sie Studer sen. zugelassen hätte. Vielleicht hing sein Mitempfinden damit zusammen, dass er während seines Sanatoriumsaufenthalts in Davos, als er den jungen, Jiddisch sprechenden Mann kennen gelernt hatte, mit einer Welt in Berührung gekommen war, die in vielem der des Untersuchungshäftlings Witos ähnelte.

Nachdem der letzte Klient gegangen war und Studer seinen Schreibtisch aufgeräumt und die Akten weggeschlossen hatte, klingelte das Telefon. »Herr Dreyfuß lässt fragen«, hörte er Frau Mädler aus dem Vorzimmer, »ob er noch vorbeikommen könne.« Der Anwalt schaute zu der alten Pendüle auf dem Regal neben sich, überlegte einen Moment und stimmte dann zu. Er wollte die Bitte des Bankiers nicht abschlagen, denn er war ein guter Bekannter seines Vaters gewesen und hatte ihm manchen Rat gegeben, wenn es um Geldangelegenheiten gegangen war. Und außerdem hatte Joseph Dreifuß sicher gute Gründe, ihn noch zu später Stunde sprechen zu wollen.

»Aber ich bitte Sie«, wehrte Studer ab, als der Bankier sich wortreich für seinen Besuch außerhalb der Geschäftszeit entschuldigen wollte. »Bei mir finden Sie doch immer eine offene Tür.« Er deutete auf die Clubgarnitur an der Stirnseite des Büros, ging zu dem massigen Bücherschrank, entnahm ihm zwei Gläser und eine Flasche Cognac, schenkte ein und prostete Dreyfuß zu.

»Sie erinnern sich sicher an unser Gespräch vor einiger Zeit in der Kronenhalle«, begann der Bankdirektor zögernd, nachdem er seine Zigarre angezündet hatte. »Damals wusste ich noch nicht, dass der Mörder Casjan eigentlich Witos heißt; aber das tut auch nichts zur Sache.«
Beat Studer wusste nicht, worauf sein Gast hinaus wollte, blieb jedoch stumm, um ihn nicht zu irritieren.
»Seitdem bin ich meine Gedanken an die Mordgeschichte nicht mehr los geworden.« Dreyfuß blies einen Rauchkringel in die Luft, beugte sich dann vor und griff nach dem Cognacglas. »Vielleicht haben Sie mich damals missverstanden, Herr Studer, als ich Ihnen die Unbarmherzigkeit unserer Orthodoxen schilderte, wenn es um den Mord eines Juden an einem anderen Juden geht.«
»Missverstanden? Wieso missverstanden?«
Wieder zögerte der Bankier und holte tief Luft, ehe er weitersprach: »Mit meinen orthodoxen Glaubensbrüdern habe ich so meine Schwierigkeiten, das dürfen Sie mir abnehmen. Nun ja, ich gehe in die Synagoge, und das nicht nur an den Hohen Feiertagen, aber ob ich deshalb fromm oder besonders gläubig bin, kann ich Ihnen beim besten Willen nicht beantworten.«
Beat Studer blickte Dreyfuß an, als der plötzlich schwieg.
»Ich habe lange darüber nachgedacht, was Sie mir in der Kronenhalle gesagt haben«, fuhr der Bankier fort, »und ich habe erkannt, dass man einen Menschen nicht im Stich lassen darf, was immer er auch getan hat. Es stimmt, unsere Orthodoxen sind hartherzig, und ich weiß nicht, ob das im Sinne ihres Gottes ist.«
Studer musste wieder an seinen Leidensgenossen in der Davoser Heilstätte denken, mit dem er sich oft über jüdische Religion und jüdisches Leben unterhalten hatte.

Weißt du, hatte Nathan eines Tages bei einem ihrer langen Spaziergänge gesagt, meine Großeltern haben in Ostgalizien noch nach ganz strengen Gesetzen gelebt, Kontakte zu Nichtjuden wären ihnen niemals in den Sinn gekommen. Von einem meiner Onkel wusste ich, dass er morgens nach dem Aufstehen achtmal seine Hände wusch und dabei betete, um sich vom »Dreck der Nacht« zu säubern. Welchen Dreck?, hatte Beat Studer wissen wollen und erfahren, dass der Onkel ja erotische Träume gehabt oder, noch viel, viel schlimmer, im Schlaf seinen Penis berührt haben könnte. Nein, Nathans Eltern hatten sich nicht mehr streng an solche Gebote gehalten, wie es die Nachbarn taten, deren Kinder, wenn sie zehn Jahre alt geworden waren, nicht einmal mehr ihre Mutter berühren durften. Ihnen wurde die ultraorthodoxe Weltanschauung schon von Kindesbeinen an eingepflanzt.
»So schlimm ist es bei uns heutzutage nicht mehr«, beteuerte Dreyfuß, »aber dass man einen Menschen wie Witos, der einen Glaubensbruder erschossen hat, meidet, davon würden die Fanatiker niemals abrücken.«
Er ist doch bestimmt nicht gekommen, um sich mit mir über die Lebensweise der Orthodoxen zu unterhalten, dachte Studer, es ist schon spät genug, und eigentlich wollte ich schon längst daheim sein.
»Sie werden verstehen, Herr Studer, dass ich für Ihren Mandanten nach außen hin nichts tun kann, aber irgendwie will ich doch helfen.«
»Und wie stellen Sie sich das vor?«
»Nun, ich denke mir, dass vielleicht noch irgendwelche Nachforschungen notwendig sind, für die unser Staat keine Mittel hat, und von Ihnen, mein Lieber, kann man wohl kaum verlangen, dass Sie dafür Zeit und Geld op-

fern. Vielleicht ...«, er hielt inne und zog an seiner Zigarre, »... ich möchte Ihnen nicht zu nahe treten, vielleicht wäre es Ihnen aber recht, wenn Ihnen noch ein Kollege helfen würde.«
Beat Studer war keineswegs beleidigt und dachte über das Angebot nach. Er bezweifelte, dass ein anderer Anwalt so großes Interesse an dem Fall haben könnte wie er. Er fürchtete keinen Konkurrenten, aber er wollte das schon allein zu Ende bringen. Allerdings, wie wäre es mit einem privaten Ermittler?
»Wenn ich etwas für Sie tun kann, dann schießen Sie los, junger Freund, Geld soll dabei keine Rolle spielen.«
»Das Tatmotiv – da sind sich außer dem Staatsanwalt alle einig – liegt noch völlig im Dunkeln. Sicher scheint nur zu sein – wenn man Witos glauben will – dass der Ausgangspunkt für den Mord in Berlin zu suchen ist.«
»Aber das ist doch schon eine Ewigkeit her«, warf Dreyfuß ein.
»Trotzdem«, entgegnete Studer, »was mir Witos gerade heute erzählt hat, lässt keinen anderen Schluss zu. Zwar weiß ich noch nicht, wie alles weiterging; aber in Berlin muss etwas passiert sein, was dann hier bei uns sein tragisches Ende nahm.«
»Finden Sie es heraus, suchen Sie einen Detektiv, die Kosten übernehme ich.«
Nachdem Joseph Dreyfuß gegangen war, blieb Beat Studer noch eine Weile in seiner Kanzlei und schrieb eine Notiz für Frau Mädler, dass sie ihn am folgenden Morgen unbedingt an einen geeigneten Fahnder erinnern sollte.

»Das verschwundene Radium hat uns keine Ruhe gelassen«, fuhr Samek Witos dort fort, wo er seinen Bericht

am Vortag abgebrochen hatte. »Stanislaw hatte sich mit Klaymann im sowjetischen Sektor Berlins verabredet und einen Bekannten, Kaufmann Perlmann, mitgenommen.«
»Warum sind Sie nicht gefahren?«, wollte Beat Studer wissen.
»Das ging nicht; ich hatte mir den Magen verdorben und lag im Bett.« Samek verzog sein Gesicht gerade so, als würde er die Leibschmerzen von damals nachfühlen.
»Und was hat Berkowitsch erreicht?«
Witos' Miene verfinsterte sich, er presste seine Lippen fest zusammen, und an den Schläfen traten zwei Adern hervor. Seine Stimme klang auf einmal rau, als er Studer antwortete:
»Klaymann hatte ihm eine Falle gestellt. Als sie ihn an dem verabredeten Ort am Bahnhof Friedrichstraße trafen, gab Janek ein paar Männern ein Zeichen, die sich auf Stanislaw und Perlmann stürzten und sie abführten. Das ging so schnell, dass sie keinerlei Möglichkeiten zur Flucht hatten.«
»Woher wissen Sie das?«, unterbrach ihn Studer.
»Perlmann konnte den Sowjets glaubhaft machen, dass er nur ganz zufällig mitgekommen war und sie ließen ihn laufen. Er kam sofort zu mir und hat mir alles erzählt.« Samek schluckte, und Tränen füllten seine Augen, die er mit der Hand bedeckte. Beat Studer wollte schon nach seinem Taschentuch greifen, unterließ es dann aber und schaute nur stumm auf seinen Mandanten.
Es dauerte eine ganze Weile, bis Witos sich einigermaßen beruhigt hatte und sagte:
»Ich konnte es einfach nicht glauben, dass Klaymann zum *Masser* oder gar Mörder an einem Glaubensbruder und Leidensgenossen geworden sein könnte.«

Masser, überlegte der Anwalt, fand aber keine Erklärung für dieses Wort, denn in seinen Unterhaltungen mit dem jiddisch sprechenden Patienten in Davos war es nie gefallen.
»Denunziant heißt das, und es sträubte sich damals alles in mir dagegen, in Janek Klaymann einen Verräter zu sehen, obwohl der Kaufmann Perlmann beteuerte, dass er sich nicht getäuscht und ganz deutlich das ehrlose Handzeichen gesehen hatte.«
Wieder machte Samek Witos eine Pause und beobachtete seinen Anwalt, wie er sich eine Zigarette anzündete. »Ich musste mir selbst Klarheit verschaffen«, setzte Samek seine Schilderung fort, nachdem Beat Studer ihm aufmunternd zugenickt hatte, »und als mein Magen wieder in Ordnung war, vereinbarte Perlmann für mich ein Treffen mit Klaymann in Ostberlin, bei dem ich versuchen wollte, alles für Stanislaws Befreiung zu tun. Janek sollte mir dabei helfen, da er ja anscheinend gute Beziehungen zu den Sowjets hatte.«
»Obwohl Sie wussten, was Perlmann ihm vorwarf?«
»Ja«, antwortete Samek, »denn ich wollte immer noch nicht glauben, dass er ein Masser war.«
»Sie hatten also keine Angst, dass er auch Sie verraten könnte?«
»Daran habe ich überhaupt nicht gedacht«, bekannte Witos offenherzig. »Meine Gedanken waren nur bei Berkowitsch, und dem wollte und musste ich helfen.«
Samek war mit der S-Bahn zur Friedrichstraße gefahren, als ihn plötzlich ein ungutes Gefühl befiel, das er sich nicht erklären konnte. Aber es machte ihn vorsichtig, und er hielt sich in der Menschenmenge auf dem Bahnsteig verborgen, bis er Klaymann in einiger Entfernung an der

Treppe stehen sah, wie er nach ihm Ausschau hielt. Witos verbarg sich hinter einer Betonsäule und beobachtete Janek, der sich nach einer Weile umdrehte und mit zwei Männern sprach, die ihn scheinbar irgendwas gefragt hatten. Da wurde Samek blitzartig klar, dass auch er verhaftet werden sollte.

»Zum Glück erschien in diesem Augenblick eine Bahn nach Westberlin«, sagte Witos, »und ich sprang sofort hinein und versteckte mich hinter drei Amerikanern, die sich lachend unterhielten und sich nicht um das Rauchverbot im Waggon kümmerten. Mir kam es wie eine Ewigkeit vor, bis der Zug endlich abfuhr. Da merkte ich, dass ich schweißgebadet war.«

»Da haben Sie ja wirklich Massel gehabt«, meinte Studer, und es klang, als wäre er noch jetzt, nach so vielen Jahren, froh über den glücklichen Ausgang der Fahrt nach Ostberlin.

»Oder einen sechsten Sinn«, antwortete Samek und lächelte. Seine Anspannung war verschwunden, als fühlte er seine Erleichterung von damals noch einmal. »Aber ich konnte es einfach nicht fassen, dass Klaymann so ein gemeiner Lump war, und ich wusste nicht, wie ich meinem Freund Berkowitsch helfen könnte.« Wieder war Witos ernst geworden und er schaute Beat Studer an, als erwartete er dessen Meinung.

Irgendwo hatte der Anwalt einmal gelesen, dass es oft vorgekommen war, dass Menschen aus Westberlin in den Osten verschleppt wurden, und das fiel ihm jetzt wieder ein.

Als könnte Samek Gedanken lesen, fuhr er fort: »Nach all dem habe ich mich in Berlin nicht mehr sicher gefühlt.«

»Warum sind Sie denn nicht zu den Amerikanern gegangen: Sie wollten doch auswandern.«
»Das war gar nicht so einfach und ich weiß nicht, ob man nur uns Polen so viele Steine in den Weg legte«, sagte Samek und ein gewisser Spott war nicht zu überhören. »Nein, das dauerte alles viel zu lange; und da hat Perlmann mir geraten, nach Israel auszuwandern, dort wäre ich ganz bestimmt sicher, und außerdem könnte ich für Berkowitsch ja doch nichts tun.«
Beat Studer konnte sich die damaligen Verhältnisse in Berlin nur schwer vorstellen, zu wenig hatte er darüber in Schweizer Zeitungen gelesen und außer seinem kurzen Besuch in Frankfurt am Main war er nie in Deutschland gewesen.
»Ich bin also nach Paris gefahren«, ließ sich Samek wieder vernehmen, »denn dort gab es eine israelische Botschaft und viele Juden, die einem halfen.«
Der Anwalt kannte das Pariser Judenviertel, das ihn sehr an ein Ghetto erinnert, aber deshalb nicht weniger fasziniert hatte, als er mit Lena eine Woche lang an der Seine gewesen war. So musste sich das Leben vor vielen Jahrzehnten in einem osteuropäischen Schtetl abgespielt haben: Männer jeden Alters im Kaftan standen in den Straßen und stritten über Gott und die Welt; Gemüseläden, in denen mit Kopftüchern bedeckte Frauen einkauften oder sich vor koscheren Metzgereien mit ihren Nachbarinnen unterhielten, während sich die Kinder auf dem Bürgersteig balgten.
In diesem Milieu fand Samek Witos schnell einen Bekanntenkreis, der sich um ihn kümmerte und die Zeit bis zur Ausreise nach Israel verkürzte. Er wohnte in einer kleinen, billigen Pension, in der sich auch andere Juden aus

Polen einquartiert hatten, und abends saß man beisammen, schmiedete Zukunftspläne und träumte von einem besseren Leben im Lande der Väter. Manche warteten schon seit Monaten auf ein Visum für Israel, denn in der Botschaft verlangte man Beweise dafür, dass sie wirklich Juden waren, und da mussten oftmals noch Briefe in die alte Heimat geschrieben und entsprechende Unterlagen angefordert werden. So wunderte sich Samek nicht darüber, dass viele seiner Glaubensbrüder Kontakte zu früheren Freunden und Bekannten hatten, die von vielem wussten, was sich in Polen oder anderen Ländern ereignete.

»Schon nach wenigen Tagen hörte ich«, vernahm Studer, »dass ein alter Nachbar von Stanislaw Berkowitsch, Ribac hieß er, ebenfalls durch Klaymanns Schuld verhaftet und nach Warschau abtransportiert worden war, wie man es damals mit allen polnischen Juden tat, die in Berlin festgenommen wurden.«

»Sie haben diesen Ribac gekannt?«, wollte Studer wissen.

»Natürlich, er hat uns ja manchmal bei unseren Geschäften geholfen.« Ribac, ergänzte Samek, habe immer wieder Deutsche gefunden, die ihr Gold oder andere Wertsachen gegen Lebensmittel oder amerikanische Zigaretten eintauschen wollten. Witos nagte mit den Schneidezähnen an der Unterlippe, und über seiner Nasenwurzel entstand eine steile Falte. »Als ich wusste, dass Klaymann auch Ribac auf dem Gewissen hatte, da gab es für mich nichts anderes mehr, als die Gerechtigkeit wiederherzustellen.«

»Aber dafür gab es doch Gerichte«, warf Studer ein.

»Sie haben Humor«, antwortete Samek mit einem gequäl-

ten Lächeln. »Gerichte! Was glauben Sie wohl, wie sehr diese Gerichte ein paar dreckige Juden interessierten? Die Deutschen taten es nicht, und die Polen schon gar nicht.«
Beat Studer wollte sich mit Witos nicht auf eine Diskussion über die Rechtsbegriffe in einer Demokratie einlassen, das hätte zu weit geführt, und außerdem bemerkte er, dass plötzlich die Hände seines Mandanten zu zittern begannen und sich auf dessen Stirn, wie vor einer Weile auch schon Schweißtropfen bildeten. Machte sich da etwa wieder die Psychose bemerkbar, die Sameks Einweisung in die Heilanstalt Burghölzli notwendig gemacht hatte? Doch bevor Studer daran denken konnte, einen Wärter zu rufen und nach einem Arzt zu verlangen, hatte sich Witos wieder beruhigt.
»Klaymann war ein echtes Schwein«, presste er hervor. »Alles, was er Stanislaw und mir von seiner Zeit bei den Partisanen erzählt hatte, war von vorn bis hinten erlogen.«
»Das haben Sie in Paris erfahren?«
»Ja, von einem Emigranten, der kannte Klaymanns Geschichte ganz genau.«
Als die Deutschen einmarschierten und die polnisch-sowjetische Grenze erreichten, konnte Janek Klaymann untertauchen, und eine reiche, katholische polnische Familie versteckte ihn in einem zum Bunker ausgebauten Keller. Dort hatte er miterlebt, wie der gesamte Besitz an Gold und Schmuckstücken seiner Helfer eingemauert wurde, und er allein wusste, wo. Es hatte nur kurze Zeit gedauert, bis die Familie selbst gezwungen war, Zuflucht in diesem Keller zu suchen und das Los der untergetauchten Juden zu teilen.
»Nach ein oder zwei Wochen war Klaymann eines Nachts

spurlos verschwunden und da wurde das Versteck von den Deutschen ausgehoben und die ganze Familie verschwand bei der Gestapo. Als später Nachbarn als Erste das Verließ wieder betraten, fanden sie die Kellerwand aufgebrochen.« Samek wischte sich den Schweiß von der Stirn und ergänzte: »Das habe ich alles in Paris erfahren.«
»Und Klaymann hat den Schlupfwinkel verraten?«
Samek Witos hob die Schultern: »Kann sein, ich weiß es nicht, aber in Paris hat man Klaymanns sagenhaften Reichtum diesem Keller und dem Verrat an denen, die ihn geschützt hatten, zugeschrieben.«
Jerzy Casjan, alias Samek Witos, gestand, dass ihn das alles in einen wahren Rausch versetzt habe, den Rausch, Vergeltung zu üben und nach seinen verschwundenen Freunden zu suchen, natürlich auch nach Klaymann, denn der, so wusste man in Paris, hielt sich in Polen auf. Er sei deshalb nach Warschau gefahren und habe keine Mühen und Kosten gescheut, um den Verbleib von Berkowitsch und Ribac herauszubekommen und schließlich den Beweis erhalten, dass die beiden nach Sibirien deportiert worden waren, wo sie ›verfaulten‹, wie seinerzeit der Ungar Casjan. Doch zufällig sei ihm Klaymann eines Tages begegnet. Er sei mit einer Aussprache einverstanden gewesen, aber er habe die Verabredung nicht eingehalten und sei nach Israel geflogen.

War der Mord in der Züricher Freiestraße über die Osterfeiertage weit über die Stadtgrenzen hinaus das herausragende Tagesgespräch gewesen, so hatte das Interesse schon in der Woche danach deutlich nachgelassen. »Hätte der Täter sich nicht unmittelbar nach der Tat selbst gestellt«, war im »Israelitischen Wochenblatt« zu lesen gewesen, »so hätte unter Umständen für unabsehbare Zeit undurchdringliches Dunkel über dieser Kriminalaffäre gelegen und Anlass zu den verschiedensten Vermutungen über die Täterschaft bestanden. So aber bezieht sich die Unklarheit dieses Falles lediglich auf die Motive des Mörders Casjan, die allerdings undurchsichtig genug sind.«

Beat Studer hatte von Frau Mädler eine Mappe anlegen lassen, in der alle Presseberichte zum Fall Witos gesammelt wurden. »Laut ›Tagesanzeiger‹«, hieß es im »Israelitischen Wochenblatt« weiter, »wird dieser Kriminalfall, wenn sich die Anspielungen Casjans durch Zeugen und andere Indizien als wahr herausstellen, am ehesten als ›Blutrache nach sizilianischem Muster‹ in die Kriminalgeschichte eingehen, deutete der Täter doch an, dass er eine ›alte Rechnung‹ begleiche, da Klaymann sich an zwei Freunden in verbrecherischer Weise vergangen habe.«

Studer legte die Mappe beiseite, stand von seinem Schreibtisch auf, ging zum Fenster und schaute hinunter auf den von Straßenlampen erhellten Talacker. Ihm war klar, dass es nicht leicht werden würde, eine Verteidigungsstrategie aufzubauen, mit der die Richter davon abgehalten würden, sich ebenfalls auf solche Einschätzungen einzulassen. Es musste ihm gelingen, Begriffe wie ›Blutrache‹ erst gar nicht aufkommen zu lassen, da dies den Motiven seines Mandanten nicht entsprach. Waren Witos' Erklärungen auch noch unvollständig, wusste Studer doch, dass mehr als pure Mordlust dahinter steckte, denn wie wäre das ständige Wiederholen, dass er es um der Gerechtigkeit willen getan habe, sonst zu verstehen? Er jedenfalls unterstellte seinem Klienten keine niederen Beweggründe, nahm sich jedoch vor, den Fall Samek Witos bis in den letzten Winkel auszuleuchten. Beat Studer war froh, dass sich die in der Kronenhalle von Bankier Dreyfuß geäußerten Befürchtungen nicht bewahrheitet hatten und durch die Tat keine antijüdischen Reaktionen ausgelöst worden waren. Das fand er auch im »Israelitischen Wochenblatt« bestätigt, in dem es hieß:

»Die Tatsache, dass es sich sowohl beim Opfer als auch beim Täter um Juden handelte, nahm dem Fall in der Beurteilung durch die breite Öffentlichkeit etwas die Spitze; denn wären nur entweder der Täter oder das Opfer Jude gewesen, so wären leicht nach der einen oder anderen Seite bestimmte Schlussfolgerungen gezogen worden.«

Als er aus dem Vorzimmer das Telefon läuten hörte, ging Beat Studer zurück zum Schreibtisch und nahm den Hörer ab.

Er sei froh, dass er ihn noch erreiche, vernahm er den Untersuchungsrichter, und ob er Lust habe, noch ein Glas Wein mit ihm zu trinken.

Der Anwalt sagte ohne Zögern zu und verabredete sich mit ihm im Hotel St. Gotthard in unmittelbarer Nähe des Bahnhofs. Er schätzte den Richter und war froh darüber, dass der nicht auf Abstand zu den Verteidigern ging, wie es andere oft taten. Nein, Freddy Guggenbühler hatte keine Scheu, sich mit einem Verteidiger über dessen Mandanten zu unterhalten, wenngleich das seine Überzeugungen über Schuld oder Unschuld nicht im Geringsten beeinflusste. Wenn er auch dazu verpflichtet war, von Staats wegen Verbrecher aller Art unnachsichtig zu verfolgen, ließ er es sich doch nicht nehmen, bei einem Beschuldigten auch die menschliche Seite, wie er sich ausdrückte, zu berücksichtigen.

»Nein, für einen Fendant ist es schon zu spät«, sagte Guggenbühler, »der putscht mich so auf, dass ich danach nicht einschlafen kann. Lassen Sie uns lieber einen Roten trinken.«
Studer stimmte zu und fragte sich, weshalb ihn der Richter um dieses Treffen gebeten hatte, und musste nicht lange auf eine Erklärung warten.
»Bis vor einer halben Stunde noch habe ich Witos vernommen, und ich will Sie, Herr Kollege, schon deshalb davon unterrichten, weil sich das Verfahren dadurch vielleicht abkürzen lässt«, erklärte Guggenbühler, woraufhin der Anwalt dankbar nickte. »Der Angeklagte muss dann nicht alles zweimal erzählen.«
»Bin ganz Ihrer Meinung, wir sollten uns vielleicht eine Art Arbeitsteilung vornehmen.«
»Keine schlechte Idee; doch kommen wir zur Sache.« Der Richter nahm einen Schluck Merlot, fuhr sich mit der Zungenspitze über die Lippe und stellte das Glas zufrieden auf den Tisch. »Wie weit sind Sie heute gekommen, Herr Studer?«
»Dass Witos in Warschau nach seinen Freunden gesucht und Klaymann getroffen hat ...«
»... und der drückte sich vor einer Aussprache und reiste nach Israel«, unterbrach Guggenbühler.
»Genau so.«
»Das hat er mir auch erzählt, doch danach wurde es interessant, und ich glaube, wir sind heute ein ganzes Stück weitergekommen.« Der Richter hatte keine Eile, Beat Studer aufzuklären, schien sich vielmehr über dessen gespannten Gesichtsausdruck zu amüsieren. Doch dann beugte er sich vor:
»Ich will Sie nicht auf die Folter spannen, die Geschichte

ist fesselnd genug. Klaymann war also verschwunden, doch Witos konnte sein Reiseziel herausfinden. Er verschaffte sich in Warschau ein Visum für Israel – wie, weiß ich nicht. Wie lange es dort gedauert hat, bis er Klaymann aufgespürt hat, daran erinnert er sich nicht mehr.«
»Wovon hat er gelebt?«, unterbrach Studer den Richter.
»Wie er es in Berlin getan hat, vom Schwarzhandel, aber fragen Sie mich bitte nicht, was er verhökert hat. Und dann ist er eine Zeit lang in Jerusalem und Tel Aviv Taxi gefahren, und eines Tages erfuhr er von einem Kollegen, dass es in der vornehmen Wohngegend Jaffa einen Mann gäbe, dessen Reichtum geradezu märchenhaft sei. Er habe einmal ein Trinkgeld von ihm erhalten, das fast so hoch wie der Fahrpreis gewesen sei. Woher er stamme, wollte Witos wissen, aber die Antwort war vage: vielleicht aus Russland oder Polen, jedenfalls aus Osteuropa.«
»Und da hat Witos angenommen, dass es sich um Klaymann handelte«, vermutete Beat Studer.
»So ist es«, bestätigte der Richter. »Doch so oft Ihr Mandant Klaymanns Haus auch aufsuchte, er traf ihn nie an. Bis er ihm eines Tages zufällig in der Stadt begegnete, ihn zur Rede stellte und aufforderte, sich vor einem Ehrengericht, einem *Din Thora,* wie es die gläubigen Juden nennen, zu verantworten. Zunächst hatte Klaymann eine größere Summe – und zwar in Dollar – angeboten, um Witos von seinem Plan abzubringen. Als daraus nichts wurde, hatte Klaymann schließlich doch zugestimmt, sich dem Din Thora zu stellen. Sie verabredeten einen Treffpunkt, und als Witos einige Tage später dort eintraf, erwartete ihn die Polizei und nahm ihn fest. Fast eine Woche lang war er in Haft, wurde immer wieder verhört, und die Vernehmungsbeamten wollten einfach nicht glauben, was

er ihnen erzählte. Ein Jude verrät einen anderen Juden? Das erschien allen unvorstellbar und sie beschuldigten den Häftling, dass er es nur auf Klaymanns Geld abgesehen hätte und ihn erpressen wollte. Erst ein höherer Polizeibeamter – polnischer Herkunft wie er – glaubte ihm und ließ ihn frei. Dieser erneute Verrat seines Schulkameraden aus Luzk bestärkte ihn darin, nicht aufzugeben und ihn seiner gerechten Strafe zuzuführen. Doch Klaymann war verschwunden. Er hatte mit dem Flugzeug das Land verlassen, und niemand wusste wohin.«

Der Rabbiner verhielt sich anfangs zurückhaltend, nachdem er Beat Studer empfangen hatte. An dem, was Samek Witos dem Untersuchungsrichter und seinem Anwalt bisher gestanden hatte, war er nicht weiter interessiert, wie er auch verneinte, die Berichte in den verschiedenen Tageszeitungen über den Mord in der Freiestraße gelesen zu haben.
»Sie brauchen mir keine Einzelheiten zu erzählen, Herr Studer, ich will von der ganzen Geschichte nichts wissen.« Es klang bestimmt, wenn auch nicht unhöflich. »Und wenn Sie Hilfe von mir erwarten, muss ich Sie leider enttäuschen.« Der Rabbiner schaute den Anwalt ernst an, hob dann die Augenbrauen, als wollte er endlich den Grund für seinen Besuch wissen.
»Witos wollte den ermordeten Klaymann vor ein Din Thora bringen«, begann Beat Studer, wurde jedoch sofort unterbrochen.
»Das weiß ich. Ihr Mandant ist deswegen bei mir gewesen ... warten Sie, das lässt sich leicht feststellen«, sagte der Rabbiner und blätterte in seinem Kalender. »Er war am 8. April hier und hat mir sein Anliegen vorgetragen.

Dabei gab er mir eine Liste mit Namen von Glaubensbrüdern, die sein Begehren unterstützten. Dann bat er mich, von Klaymann bis zum 12. April eine schriftliche Erklärung zu verlangen, dass er bereit sei, sich einem Din Thora zu stellen. Aber das wissen Sie sicher bereits.«

»So weit sind wir in den Untersuchungen noch nicht«, entgegnete Studer, »und im Augenblick spielt das auch noch keine Rolle. Ich möchte gerne genauer wissen, was ein Din Thora eigentlich ist, weil es bei der Verteidigung für mein Plädoyer wichtig sein könnte.«

Die Miene des Rabbiners wurde zusehends freundlicher, und seine Stimme war hörbar weicher geworden. Um seine Augen entstanden leichte Lachfältchen, als fände er es amüsant, einem ›Goj‹ jüdische Rituale zu erklären.

»Zunächst einmal«, begann er, »das Wort ›Din‹ kann man mit Gericht übersetzen, und ›Thora‹ – oder auch *Tauroh* – heißt Lehre, womit vor allem die fünf Bücher Mose gemeint sind. Ein Din Thora ist eine allein im orthodoxen Judentum bekannte Rechtseinrichtung. Glauben Sie bitte nicht, das wäre eine Art Privatjustiz oder Gottesgericht, eine religiöse Perversion, wie sie das christliche Mittelalter kannte. Die wenigsten Nichtjuden sind mit dieser Einrichtung vertraut: Es ist ein Gericht auf alttestamentarischer Grundlage und hatte früher sogar Strafkompetenz. Heute verstehen wir darunter – und das auch nur für die Strenggläubigen – ein Ehrenschiedsgericht zwischen Glaubensgenossen.«

»Wird da oft verhandelt?«, wollte Beat Studer wissen.

»Also, in meiner Züricher Amtszeit noch nie; Klaymann wäre der erste Fall gewesen.«

»Und was geschieht, wenn man nicht vor einem Din Thora erscheint?« fragte der Anwalt weiter.

»Jeder orthodoxe Jude weiß das nur zu gut. Er setzt sich damit selbst ins Unrecht und kann aus der Glaubensgemeinschaft ausgeschlossen werden, mit allem, was das sozial und materiell für ihn bedeutet«, erklärte der Rabbiner. »Wir jedoch sind eine liberale Gemeinde, da trägt man seine Streitigkeiten vor ordentlichen Gerichten aus.«

Was der Rabbiner Witos' Verteidiger hier darlegte, grenzte schon fast an Redseligkeit, aber er hatte Gefallen an Beat Studer gefunden, und insgeheim bewunderte er ihn dafür, dass er sich dieses schwierigen Falles annahm.

»Samek Witos' Lage ist aber ebenso schlimm«, sagte Studer. »Wie mir Bankier Dreyfuß erzählte, kann er mit keinerlei Hilfe seitens der hiesigen Gemeinde rechnen.«

»Das stimmt«, bestätigte der Rabbiner«, jedenfalls nicht offiziell. Es bleibt aber jedem unbenommen, dem Häftling wie auch immer zu helfen, ohne es an die große Glocke zu hängen.«

»Sie würden ihn aber nicht im Gefängnis besuchen?«

»Wollen vielleicht schon«, antwortete der Rabbiner nachdenklich, »aber ich kann die Gemeinde nicht brüskieren. Es gibt eben auch bei uns noch einige, die es mit unseren religiösen Vorschriften sehr genau nehmen.«

Ein Besessener, wenn nicht gar ein Verrückter, dachte Untersuchungsrichter Guggenbühler, als er einige Tage nach dem privaten Treffen mit Beat Studer das Gefängnis verließ und in Richtung See spazierte, auf dem sich die letzten Sonnenstrahlen spiegelten. Er liebte diese Stunden nach Dienstschluss: am Ufer zu sitzen, Dampfer und Segelboote zu beobachten, zu den fernen Bergen hinüberzuschauen, die gegen den noch hellen Himmel wie kunstvolle Scherenschnitte wirkten. Er ließ sich nicht von den Geräuschen der Straßenbahnen stören, die hinter seinem Rücken die Bahnhofstraße heraufkamen und nach links zum Bellevue einbogen. Ja, er ist ein Fanatiker, sagte sich Freddy Guggenbühler und schüttelte den Kopf, da ihm unbegreiflich schien, dass Samek Witos Klaymann um die halbe Welt verfolgte, nur weil er ihn verdächtigte, Stanislaw Berkowitsch an die Russen verraten zu haben. Beweise hatte er nicht, das stand für ihn fest, und Beat Studer würde es schwer haben, das Gericht davon zu überzeugen, dass Witos nicht aus niedrigen Beweggründen gehandelt hat.

»Welch ein Zufall«, hörte der Richter hinter sich Studers Stimme, drehte sich um und erwiderte den Gruß des Anwalts. »Lieben Sie diesen Ausblick auch so wie ich?«

Guggenbühler nickte und machte eine einladende Handbewegung. »Kommen Sie, setzen Sie sich zu mir.«

Beat Studer nahm Platz, stellte seine Aktentasche neben sich und legte seinen Unterarm darauf. »Bin heute gar nicht dazu gekommen, mit Witos zu sprechen«, sagte er fast entschuldigend.

»Ich dafür umso länger«, kam fast scherzend die Antwort. »Und ich muss Ihnen sagen, verehrter Herr Kollege, allmählich halte ich Witos für nicht ganz normal.«

»Wieso?«

»Stellen Sie sich doch mal vor, da hat ein Mensch nichts anderes mehr im Sinn, als um die halbe Welt zu reisen, nur um einen anderen vor ein Rabbinatsgericht zu bringen ... Und das alles auf unbewiesene Behauptungen hin. Das ist doch, verzeihen Sie, verrückt.«

Guggenbühlers Äußerungen erstaunten Studer, hatte der sich im Hotel St. Gotthard beim Wein doch viel gelasse-

ner, ja fast verständnisvoll verhalten. Jetzt klang es gereizt, und er konnte sich keinen Reim auf diese Veränderung machen.
»Witos hat mir heute erzählt«, fuhr der Richter fort, »dass er nach seiner Freilassung aus dem Gefängnis in Tel Aviv eines Tages erfuhr, dass Klaymann geschäftlich oft in Italien und Österreich zu tun habe. Also ist er dorthin gereist, um nach ihm zu suchen – wobei ich mich frage, woher er das Geld dazu hatte.«
»Vielleicht noch aus seiner Berliner Zeit?«
»Wohl kaum, warum hätte er sonst als Taxifahrer arbeiten sollen? Aber lassen wir das.« Guggenbühler sprach wieder gelassener. »Auf jeden Fall, er hat ihn weder in Rom, Mailand oder Wien gefunden und von einem jüdischen Geschäftmann, der Klaymann kannte, erfahren, dass der Gesuchte in seinen, wie ich vermute, undurchsichtigen Geschäften oft nach Zürich reise.«
Das Poltern der blau-weißen Straßenbahn beim Abbiegen am Bürkliplatz unterbrach ihr Gespräch, und Freddy Guggenbühler wartete eine Weile, bis es wieder ruhiger wurde, und fuhr dann fort:
»Witos ist schon ein Pechvogel gewesen. Wo immer er auftauchte, war Klaymann gerade wieder abgereist. So auch, als er zum ersten Mal nach Zürich kam ... Der Gesuchte war eben nach Amerika geflogen. Umgehend fuhr ihr Mandant nach Bern, um ein Visum für die Vereinigten Staaten zu beantragen.«
»Wie hat er die Zwischenzeit verbracht?«, wollte Studer wissen. Irgendjemand muss ihm doch geholfen haben, denn ohne Geld, ohne festes Quartier hätte ...«
»... sich die Fremdenpolizei sehr schnell um ihn gekümmert«, fiel ihm der Richter ins Wort. »Aber er hat Glück

gehabt und in einem kleinen Gasthaus – welches, hat er mir nicht verraten – Unterkunft gefunden. Die Wirtsleute haben ihn umsonst wohnen lassen, weil er in der Küche mithalf, Teller wusch, Kochtöpfe reinigte und Treppen putzte.«

»Was natürlich verboten war«, stellte der Anwalt fest, und Freddy Guggenbühler nickte.

»Na ja«, meinte er, »es ist eben auch bei uns möglich, sich illegal aufzuhalten. Jedenfalls, das Besuchervisum für die USA kam schneller, als Witos erwartet hatte, und er flog nach New York.«

Dem Untersuchungsrichter war es nicht so wichtig, in welchem Wirtshaus Samek untergekommen war, und wenn die polizeilichen Ermittlungen dazu bisher nichts erbracht hatten, dann sollte man die Angelegenheit dabei bewenden lassen. Im Prozess dürften andere Fragen eine wichtige Rolle spielen, wenn man zu einem gerechten Urteil kommen wollte.

»Da kann ich Ihnen nur zustimmen«, meinte Beat Studer. »Es gibt Wichtigeres.« Insgeheim bewunderte er die Energie, mit der Samek Witos sein Ziel verfolgt hatte, und er konnte Guggenbühlers Auffassung, dass es verrückt sein müsse, jemanden um die halbe Welt zu verfolgen, nur um ihn vor ein Din Thora zu bringen, nur bedingt teilen. Zweifellos liegen die Wurzeln für Witos' zähe Verfolgungsjagd in seiner frühesten Kindheit und in der strenggläubigen Erziehung, die er in Luzk erfahren hatte. Das muss ich in meinem Plädoyer besonders herausarbeiten, dachte Studer. Auch wenn es um einen geplanten Mord geht, so darf man, wie es Staatsanwalt Spörri gewiss tat, die ganze Geschichte bis dahin nicht nur als einen trüben Handel zwischen zwei zwielichtigen Gano-

ven der Nachkriegsjahre ansehen. Nein, da steckte mehr dahinter, und er entsann sich des Berichts seines Klienten, der seinen Gott dadurch verriet, indem er sich ein Kreuz um seinen Hals hängte, um polnischer Soldat werden zu können. War während der Jagd nach Klaymann der unsichtbare, der lebendige, hörbare Gott in solchen Momenten und nur für ihn spürbar in sein Leben getreten, wenn ihn irgendwo in der Fremde die Verzweiflung über den Misserfolg zu erdrücken drohte? Und hatte er sich dadurch aufgerufen gefühlt, diesem Gott und Richter Klaymann zuzuführen?
»Kaum zu glauben«, sagte Guggenbühler, »aber Casjan, wie er sich ja damals noch nannte, ist es gelungen, Klaymann ausfindig zu machen. Wieder war es reiner Zufall, denn als Witos in New York einen Juwelier aufsuchte, den er aus seinen Berliner Tagen flüchtig kannte, um ihn nach einer Beschäftigung zu fragen, betrat Klaymann plötzlich das Ladenlokal. ›Das kann doch nicht wahr sein‹, habe ich Witos vorgehalten, und er wurde rot im Gesicht, aber nicht etwa, weil er die Unwahrheit gesagt hätte, sondern aus Wut darüber, dass ich ihm nicht glauben wollte. ›Es war so und nicht anders, Herr Richter, Klaymann stand mir plötzlich gegenüber, war keineswegs erstaunt, mich dort zu sehen, und tat so, als wären wir uns erst gestern zum letzen Mal begegnet. Er verschwand mit dem Juwelier in einem Hinterzimmer, und ich wartete, bis er nach rund einer Stunde wieder herauskam. Dass ich auf ihn gewartet hatte, schien ihn nicht zu stören, er lud mich vielmehr zum Essen ein, gerade so, als wäre nie etwas vorgefallen.‹ Ob Klaymann denn keine Angst gehabt habe, wollte ich wissen, aber Witos hat das verneint.«
»Und wie ging es weiter?«, fragte Studer.

»Während des Essens hat Witos Klaymann erneut aufgefordert, vor einem Rabbinatsgericht zu erscheinen. Aber der reagierte nicht darauf, sondern bot ihm wiederum eine größere Geldsumme an, um die ganze Geschichte aus der Welt zu schaffen. Aber Witos ist – laut seiner Aussage, die ich mal so hinnehmen will – nicht darauf eingegangen, vielmehr hat er wahrscheinlich nicht ganz ohne Drohung seine Aufforderung wiederholt. Und da sei Klaymann bereit gewesen, am nächsten Tag ins Rabbinat zu kommen und Rede und Antwort zu stehen.«

»Aber er kam wieder nicht!«

»Ganz richtig, und während in New York das Ehrengericht auf Klaymann wartete, saß der schon in einem Flugzeug und landete noch am gleichen Tag hier in Kloten.«

Beat Studer versuchte, sich Witos' Verfassung vorzustellen: Erneut ein Rückschlag, wieder war Klaymann entwischt, und er saß mittellos in einem fremden Land.

»Ja, so hat er seine Situation beschrieben«, sagte der Richter und gestand sich im Nachhinein ein, dass er bei Witos' Schilderung beinahe Mitleid für ihn empfunden hatte. Tellerwaschen, Treppenhausputzen, Kommissionshandel in »krummen Geschäften«, bei Tag und Nacht den Hund machen für den einzigen Preis, der etwas galt: die Passage von Amerika nach Europa, das Flugticket in die Schweiz.

Er trug keine Waffe in der Tasche, mit der er Vergeltung üben wollte für begangenes, offenbares oder vermutetes, geheimes Unrecht, sondern lebte nur mit dem glühenden Gedanken, das Recht Recht bleiben und Unrecht und Verbrechen gebrandmarkt werden müssten, wenn sie denn begangen worden waren.

»Es hätte wieder gutgemacht werden müssen, was verfehlt worden war, so hat er es ausgedrückt«, sagte Guggenbühler, und Beat Studer merkte ihm an, dass er müde wurde. »Denn immer noch, so sagte er, habe er gewusst, dass Klaymann über gute Beziehungen zu den Russen verfügte und Menschen, nämlich Berkowitsch und dessen Freund Ribac, die er ins Unglück gestürzt hatte, wenn er nur wollte, wieder befreien könnte.« Der Richter machte eine Pause und blickte zu der langsam in der Dunkelheit verblassenden Alpenkette am anderen Ende des Sees. »Gott sollte Richter sein, das waren seine Worte, und Gott habe ihm, dem gläubigen Juden, hier auf Erden nur durch den Spruch des Thora-Gerichts vernehmlich werden können. Er habe ein Thora-Gericht wollen, nicht morden, ein Din Thora und sonst nichts. Und jedem Spruch eines Thora-Gerichts, auch wenn er gegen ihn ausgefallen wäre, hätte er sich gefügt.«

VIII.

»Ich habe da einen Herrn Berger empfohlen bekommen«, sagte Frau Mädler.
»Von wem?«
»Von der Detektei Argus. Man kennt ihn dort schon seit ein paar Jahren. Er soll sehr zuverlässig sein.«
»Gut, Frau Mädler. Dann schreiben Sie ihm. Machen Sie doch bitte von den wichtigsten Zeitungsartikeln Kopien, damit dieser Berger weiß, worum es geht.«
Beat Studer wollte gerade die Akte Witos aufschlagen, als das Telefon klingelte. Die Stimme des Anrufers hatte einen leichten amerikanischen Akzent.
»Mein Name ist Goldberg, ich bin Presseattaché der US-Botschaft in Bern.«
»Was kann ich für Sie tun, Herr Goldberg.«
»Ich bin gerade in Zürich und möchte Sie gerne sprechen. Es geht um den Fall Witos.«
»Sie können kommen, wann immer Sie wollen.«
»Danke, in einer halben Stunde bin ich bei Ihnen.«
Daniel Goldberg war ein hoch gewachsener, athletisch gebauter Mittvierziger, den Beat Studer vom ersten Augenblick an äußerst sympathisch fand. Ohne Umschweife kam er zur Sache.
»Von der Witos-Geschichte habe ich aus der Zeitung erfahren. Sie hat mich sehr berührt, und das nicht nur, weil ich selbst Jude bin. Bis zu unserer Emigration haben meine

Eltern und ich in Berlin gelebt. Mein Vater hatte viele geschäftliche Kontakte zu polnischen Juden.«

Beat Studer hörte seinem Besucher aufmerksam zu, unterbrach ihn nur kurz und fragte, ob er Kaffee oder Tee wünschte.

»Kaffee, bitte.« Goldberg wartete, bis der Anwalt Frau Mädler entsprechend verständigt hatte, und fuhr dann fort:

»Natürlich, Mord ist Mord, Herr Studer. Aber nach allem, was ich bisher erfahren habe, ist dieser Fall wohl doch komplizierter, als man im ersten Moment annehmen möchte.«

»Wie meinen Sie das?«

»Die Sache mit dem Radium zum Beispiel. Das in diesem Zusammenhang spurlose Verschwinden von ...«

»Stanislaw Berkowitsch.« Beat Studer glaubte, dass Goldberg mehr wusste, als den Zeitungen zu entnehmen war. Aber er sagte nichts dazu.

»Richtig, Berkowitsch«, nickte der Presseattaché und bedankte sich, als Frau Mädler die Kaffeekanne und Tassen zwischen ihn und Studer abstellte. »Sie werden sich fragen: Was will der Amerikaner von mir?«

Beat Studer verzog keine Miene und griff nach seiner Kaffeetasse.

»Ich will es Ihnen sagen, Herr Rechtsanwalt. Mein Jurastudium habe ich zwar nach drei Semestern abgebrochen, aber ein bisschen kenne ich mich in der Juristerei aus. So kann ich mir lebhaft vorstellen, dass Sie es mit Witos' Verteidigung nicht leicht haben werden.«

»Da kann ich Ihnen nur zustimmen«, antwortete Studer, aber es klang keinesfalls hoffnungslos.

»Wie schon gesagt: Ein Mord ist nicht zu entschuldigen.

Und trotzdem meine ich«, sagte Daniel Goldberg, »dass man die ganz Vorgeschichte aufdecken muss.«
Woher kommt sein Interesse an Witos, überlegte Beat Studer, ist es Mitleid mit einem Glaubensbruder? Aber er fand keine Antwort.
»Wenn ich also etwas dazu beitragen kann, diese Vorgeschichte zu erhellen, bin ich gern dazu bereit.« Goldberg blickte Studer voll ins Gesicht, als wollte er damit sein uneigennütziges Angebot unterstreichen.
»Ich bin gespannt, wie Sie das tun wollen.«
»Um zuverlässige Informationen über das Schicksal des Berkowitsch zu bekommen, brauchen Sie Kontakte zu den Sowjets in Ostberlin. Die kann ich herstellen.«
»Wir wollen uns bereits mit einem Privatdetektiv in Verbindung setzen«, unterbrach Studer den Presseattaché.
»Der wird kaum mit den Sowjets ins Gespräch kommen«, winkte Goldberg ab. »Sie brauchen einen Amerikaner.«
»Und da kennen Sie einen?«
»Ja, aus Washington. Er heißt Michail Stcherbinine, ein Oberstleutnant. Seit Kriegsende ist er Verbindungsoffizier zu den sowjetischen Streitkräften im Ostsektor. Er ist gebürtiger Russe und mit seinen Eltern nach der Oktoberrevolution in die Vereinigten Staaten geflohen.«
»Wie gut kennen Sie ihn?«, wollte Studer wissen.
»Gut genug, um ihn um einen Gefallen zu bitten.« Goldberg war über die Frage nicht ungehalten. Doch der Anwalt sollte noch mehr über den Oberstleutnant erfahren.
»Stcherbinine ist einer der ranghöchsten Geheimdienstler in Berlin. Auf dem Flugplatz Tempelhof steht ständig eine Maschine für ihn bereit, um ihn zu wichtigen Terminen in die Staaten zu fliegen.«
Beat Studer konnte noch immer nicht begreifen, dass da

einer vor ihm saß, der ihm helfen wollte, Entlastendes für seinen Mandanten in Erfahrung zu bringen.

»Er residiert im Stadtteil Zehlendorf, und zwar in der Malvenstraße 1«, kam Goldberg zum Schluss. »Sie werden sicher verstehen, dass ich Ihnen Stcherbinines Telefonnummer nicht nennen kann, da es sich um eine amerikanische Dienststelle handelt. Ich werde ihn von der Botschaft aus anrufen und einen Termin für Sie vereinbaren.«

IX.

Die Mordtat in der Freiestraße lag schon einige Monate zurück, doch ein Prozessbeginn war immer noch nicht in Sicht. Der Staatsanwalt kam nicht dazu, seine Ermittlungen abzuschließen, denn auf rätselhaften Wegen und Umwegen oder über die diplomatischen Vertretungen fremder Staaten trafen Nachrichten ein, die allesamt nichts Günstiges über Janek Klaymann mitteilten. Ob er wollte oder nicht, Urs Spörri musste sie berücksichtigen, da auch aus seiner Sicht ein Angeklagter – wäre er ihm auch noch so zuwider – ein Recht auf entlastende Beweisstücke hatte. Trotzdem ärgerte er sich über den schleppenden Gang der Dinge, zumal ihm von der französischen Botschaft in Bern signalisiert worden war, dass sich in Paris einige Zeugen gemeldet hätten, die den ermordeten Klaymann stark belasteten.

Spörri wunderte sich darüber, dass der Fall Witos im Ausland so ein starkes Interesse fand, und in einem Gespräch mit Beat Studer hatte er es sich verkneifen müssen, hinter der Mordgeschichte eine »jüdische Verschwörung« zu vermuten. Ein Antisemit war er zwar nicht (das hätte er weit von sich gewiesen), aber Fremden stand er misstrauisch gegenüber und zu den Fremden zählten für ihn nun mal auch die Juden, ob sie Schweizer Bürger waren oder nicht. Spörri wäre zwar nicht so weit gegangen, hinter jedem Fremdling einen potentiellen Straftäter zu vermuten, doch es war nicht zu bestreiten, dass der Anteil von Ausländern an Gesetzesverletzungen in manchen Bereichen außergewöhnlich hoch war. Der Präsident eines Geschworenengerichts hatte einmal zu ihm gesagt: »Das ist die Schattenseite unserer Schönwetter-Gesetzgebung. Namentlich auf Bundesebene sind in der Schweiz zögernde Politiker am Werk, die nach wie vor nicht auf die Tatsache reagieren, dass unser Land für ausländische Kriminelle enorm attraktiv ist.«

Warum diese zweifelhafte Attraktivität? hatte er gefragt, und der Richter hatte geantwortet: »Weil unsere Gesetze es uns erschweren, mit ausländischen Kriminellen und Kriminaltouristen kurzen Prozess zu machen.«

Während er in der Akte einer anderen Strafsache blätterte, klopfte es an die Tür, und nach einem kurzen »Ja?« erschien Beat Studer, den er schon seit längerer Zeit nicht mehr gesehen hatte. »Was kann ich für dich tun?«, fragte er und deutete auf den Stuhl vor seinem Schreibtisch.

»Samek Witos hat mich gebeten, dir ein Anliegen vorzutragen, das für ihn von großer Bedeutung ist.«

»Und das wäre? Will er etwa Haftverschonung?«, meinte der Staatsanwalt spöttisch.

»Natürlich nicht.« Beat Studer musste an sich halten, um nicht grob zu werden. »Witos möchte, dass man ihm ein ›Tallit‹ beschafft, das ist für ihn sehr wichtig.«

»Ein was?«

»Ein Tallit, das ist ein Gebetsschal.«

Urs Spörri schaute seinen Besucher ungläubig an, worauf Studer sagte: »Du hast ganz richtig gehört, ein Gebetsschal.«

Der Staatsanwalt schwieg eine Weile und schüttelte dann den Kopf.

»Und was habe ich damit zu tun?«, wollte er wissen.
»Ganz einfach: Witos hat bei seiner Verhaftung keinen Schal bei sich gehabt, also muss er um Erlaubnis bitten, dass er nachträglich einen bekommt.«
»Ich habe nichts dagegen einzuwenden.« Und nach einer erneuten kurzen Pause fuhr Spörri fort: »Du bist doch, seit deinem Sanatoriumsaufenthalt in Davos so etwas wie ein Experte in jüdischen Fragen, wenn ich das so sagen darf. Kannst du mir vielleicht erklären, wozu ein Gebetsschal gut ist?«
»Der Tallit wird getragen, damit man nicht vergisst, die Gesetze Gottes einzuhalten und auf diesem Weg Heiligung anzustreben.«
Der Staatsanwalt lachte hell auf: »Den hätte Witos sich in der Freiestraße umhängen sollen, dann wäre der Mord vermutlich nicht passiert.«
Beat Studer ging nicht auf die Stichelei ein und erklärte weiter: »Ursprünglich bedeutete das Wort ›Kleid‹ oder ›Mantel‹ und früher trugen die Männer einen solchen Mantel, der wie eine Decke aussah; vermutlich glich er jenen Decken, die Beduinen noch heute zum Schutz gegen die Witterung tragen.«
»Und weshalb verwenden ihn die Juden bei ihren Gebeten?« Aus Urs Spörris Stimme war jeder Spott verschwunden und er zeigte sich auf einmal wirklich interessiert.
»Die Vorschrift, nach der man einen Tallit tragen muss, stützt sich auf die Bibel. Gott sagte zu Moses: ›Rede mit den Kindern Israel und sprich zu ihnen, dass sie und ihre Nachkommen sich Quasten machen an den Zipfeln ihrer Kleider ... Sooft ihr sie anseht, sollt ihr an alle Gebote des Herrn denken‹.«
Beat Studer hatte in aller Ruhe gesprochen und diese Ruhe

schien sich auf Spörri zu übertragen. Der Staatsanwalt erinnerte sich, dass er hin und wieder jüdische Männer, meistens ältere, gesehen hatte, unter deren Jacken blaue Fransen hervorschauten, und er wollte wissen, ob dies mit dem Gebetsschal zusammenhing.

»Die Fransen sollen die Verbote der Thora verkörpern und manche Juden fassen die Aufforderung aus dem 4. Buch Mose wortwörtlich auf ...«

»Und was steht da?«, unterbrach Spörri Studer.

»Da heißt es: Und dazu sollen euch die Quasten dienen; sooft ihr sie anseht, sollt ihr an alle Gebote des Herrn denken, erläuterte der Rechtsanwalt. »Doch die Ansichten gehen da auseinander.«

»Inwiefern?«

»Ein ehemaliger Großrabbiner von Israel, ein so genannter Sepharde, also spanischer oder portugiesischer Herkunft, hat geschrieben, dass es bei den Sephardim keine Tradition ist, den Tallit nach außen hin sichtbar zu tragen, auch nicht die *Zizijot.*«

»Die was?«

»Die Zizijot – so heißen die Fransen oder Quasten; und dabei hat sich auch der Rabbi auf ein Gebot im 4. Buch Mose berufen, in dem gesagt wird, dass man die Fransen ›ansehen‹ soll, und dieses Gebot fordere ausschließlich, sie jeden Morgen anzusehen und dabei den entsprechenden Segen zu sprechen. Bist du nun zufrieden?«

Im Gegensatz zu Beat Studer war Urs Spörri die jüdische Welt vollkommen fremd und er hatte auch nie den Versuch unternommen, sich damit zu beschäftigen, warum auch. Er bezweifelte auch, dass er es getan hätte, wenn ihm in einer Lungenheilstätte in Davos oder anderswo ein Jude begegnet wäre, mit dem er darüber sprechen konnte. Für ihn galten allein die ›christlichen Werte‹, wie sie ihm in seinem Elternhaus anerzogen worden waren – wenn auch nicht so streng, wie er es von Klassenkameraden aus katholischen Familien kannte. In einer Kirche war er schon seit Jahren nicht mehr gewesen und er erinnerte sich allenfalls gelegentlich der Zehn Gebote, wenn es dazu einen Anlass gab.

»Ja, ich bin zufrieden«, beantwortete er Studers Frage, »aber wo willst du so einen Tallit hernehmen? Kann man den so ohne weiteres kaufen?«

»Das weiß ich nicht, aber ich werde mich im Rabbinat erkundigen.« Beat Studer wollte schon gehen, als Spörri ihn zurückhielt.

»Bei den bisherigen Vernehmungen hat man nichts davon gemerkt, dass Witos besonders religiös wäre«, sagte der Staatsanwalt. »Woher der plötzliche Sinneswandel?«

»Ob Sinneswandel das richtige Wort ist, weiß ich nicht, vielleicht waren seine religiösen Gefühle aber auch nur verschüttet.«

»Verschüttet? Wovon?«

»Von all dem, was er von frühester Kindheit an durchgemacht hat. Denk doch nur mal an seine Zeit bei den Russen, fast ein Kind noch – und dann das furchtbare Erlebnis, als er vor den Massengräbern in Luzk stand. Und dann die Verfolgung Klaymanns ... Da kann einem der Glaube schon abhanden kommen.«

Der Staatsanwalt schaute vor sich hin, war nachdenklicher als gewöhnlich und sagte dann: »Du meinst, dass er nun in der Zelle Zeit zum Nachdenken gefunden hat?«

»Eine andere Erklärung kann ich mir nicht denken«, lautete die Antwort, und Beat Studer verabschiedete sich.

Der junge, in Graubünden aufgewachsene Rechtsanwalt saß am folgenden Morgen schon frühzeitig in seiner Kanzlei und las ein Protokoll, das ihm Richter Guggenbühler hatte zukommen lassen. Aus dem ging hervor, dass Samek Witos im März in New York so viel Geld zusammengescharrt hatte, dass er die Passage nach Europa buchen konnte. Ende des Monats traf er auf seiner bald sechsjährigen Verfolgung Klaymanns in Zürich ein. Beat Studer schüttelte den Kopf, als er dem Schriftstück entnahm, dass Witos am 2. April einen Waffenerwerbsschein, der von der zuständigen Züricher Amtsstelle verhältnismäßig leicht zu erhalten war, ausgestellt bekommen hatte. Als Grund für die Anschaffung einer Schusswaffe hatte er angegeben, er wolle bald nach Israel zurückkehren und benötige sie zu seinem ganz persönlichen Schutz. Am 13. April kaufte er dann eine Pistole vom Kaliber 7,65 Millimeter samt Munition, ließ sich aber ausdrücklich und schriftlich bestätigen, dass er den Kauf innerhalb von acht Tagen rückgängig machen könne. Also hoffte Witos, sagte sich Studer, Klaymann werde sich nachträglich doch noch einem Din Thora stellen und das heißt doch wohl: Zu diesem Zeitpunkt stand Witos' Tötungsabsicht noch nicht unabänderlich fest – das muss ich vor Gericht ausdrücklich hervorheben. Einen Tag nach dem Erwerb der Pistole sah Witos – die schussbereite Waffe trug er bei sich –, wie sich Klaymann auf dem Parkplatz beim Schauspielhaus in seinen Cadillac setzte, aber er drückte nicht ab, um keine Passanten zu gefährden. Als Klaymann dann davongefahren war, ließ Samek Witos der Gedanke nicht mehr los, dass er den Masser nun doch töten müsse. Und so legte er sich am Donnerstag, dem 15. April, um die Mittagszeit in der Freiestraße unmittelbar neben dem

Haus auf die Lauer, in dem Klaymann eine Wohnung gemietet hatte.

Beat Studer war gerade dabei, das Protokoll beiseite zu legen, als Frau Mädler hereinkam und ihren Chef einigermaßen verwirrt anschaute.

»Fehlt Ihnen etwas?«, wollte der Anwalt wissen, denn in einem solchen Zustand hatte er seine Sekretärin noch nie gesehen.

»Draußen ist ein merkwürdiger Mann«, brachte Frau Mädler nur stockend hervor. »Er will Sie sprechen, nennt aber seinen Namen nicht, und den Grund für seinen Besuch will er auch nicht sagen.«

»Dann soll er wieder verschwinden.«

Frau Mädler blieb unschlüssig an der Tür stehen, als hätte sie Furcht, den seltsamen Mann fortzuschicken.

»Soll ich es selbst tun?« fragte Studer und stand auf, und der Sekretärin war die Erleichterung anzusehen.

Studer schätzte den Mann auf zwischen Mitte sechzig oder Anfang Siebzig. Er hatte eine massige Statur, ein breites, aber nicht unsympathisches Gesicht, das von einem dichten Vollbart umrahmt wurde, und sein schneeweißes Haar wurde am Hinterkopf von einer bestickten *Kippa* bedeckt. Das machte Studer neugierig, und er hatte nicht den Eindruck, dass dieser unerwartete Besucher juristischen Beistand bei ihm suchte. Aber eine innere Stimme sagte ihm, er solle sich den Mann anhören. Wortlos machte er eine Handbewegung, die zum Eintreten aufforderte, und als er die Tür schloss, ließ er eine ratlose Frau Mädler zurück.

Der Alte nahm sehr langsam Platz, wobei er sich mit seinen außergewöhnlich breiten Händen auf den Oberschenkeln abstützte.

»Mein Name ist Moy Grünbaum«, erklärte er mit tiefer Stimme, »Moy Grünbaum, der Kaninchenschächter aus der Freigutstrasse.« Er machte eine Pause, als erwartete er irgendeine Äußerung des Anwalts. Doch Beat Studer nickte nur, woraufhin der Alte fortfuhr: »Sie vertreten doch den Witos Samek.«
»Ja, das tue ich; kennen Sie ihn?«
»Nur vom Hörensagen, Herr Anwalt, was in der Stadt eben so erzählt wird.«
»Und was kann ich für Sie tun?«, wollte Studer, schon ein wenig ungeduldig, wissen.
»Sie wissen ja, dass sich aus der jüdischen Gemeinde niemand um den armen Burschen kümmert, leider auch der Rebbe nicht, und das finde ich nicht gut.«
»Aber es heißt doch ...«, wollte Studer einwerfen, wurde aber unterbrochen.
»Ja, ja, ich weiß, der blödsinnige Satz, ›E Jid schießt nicht auf e Jid‹, den meinen Sie doch wohl?«
Wieder nickte der Anwalt nur und war gespannt, was Moy Grünbaum wohl von ihm wollte.
»Sehen Sie, ich bin ein alter *Zaddik*, ich gehöre also zu den *Chassidim*, den ›Frommen‹, wenn Sie wissen, wer die sind.«
Ja, Beat Studer hatte darüber gelesen und wusste, dass sich der Chassidismus aus verschiedenen religiösen Bewegungen des Judentums zusammensetzte. Er wusste, was diese Chassidim mit ihrer bereits im 12. Jahrhundert gegründeten mystischen Bewegung wollten: Einfachheit und Nächstenliebe zur Ehre Gottes lehren.
»Bei uns in der Ukraine«, fuhr Grünbaum fort, »haben sich die Chassidim erst viel später zusammengetan, wie übrigens auch in Polen und dann in ganz Osteuropa.«

»Und die unterschieden sich von ihren Vorgängern?«, fragte Beat Studer.
»In etwa schon«, antwortete der Zaddik und fand zunehmend Gefallen an dem Gespräch. »In den sechs Jahrhunderten zuvor lag das Zentrum der Chassidim in Speyer. Wie schon gesagt, während für sie Einfachheit und Nächstenliebe zum Programm gehörten, war es für die im Osten das Gefühl in der Religion und die Offenbarung in der Natur. Aber ich will Sie nicht mit solchen Sachen langweilen, Herr Anwalt.«
»Sie langweilen mich ganz und gar nicht«, erwiderte Studer. »Wenn ich richtig informiert bin, findet man einiges von diesem Programm auch heute noch in Israel.«
»Ja, aber natürlich völlig anders. In seinen Ursprungsländern war der Chassidismus eine der Frühformen des religiösen Sozialismus, und die Gründer der Kibbuz-Bewegung haben diese sozialistischen Ideen übernommen, allerdings in westlichem Sinne.« Grünbaum hielt einen Moment inne, schnäuzte in ein grosses Taschentuch, das er dann zusammenfaltete und im Innern seines Jacketts verschwinden ließ. »Also noch einmal: Ich bin ein alter Zaddik, und deshalb verpflichtet, Witos Samek an mein Herz zu nehmen und ihm zu helfen, sein hartes Schicksal zu ertragen ... wenn Sie verstehen, was ich meine.«
Beat Studer glaubte, nicht richtig zu hören: Da saß ein Jude vor ihm, der sich nicht daran hielt, Abstand zu einem »Verdammten«, wie es Samek Witos in den Augen der meisten seiner Glaubensbrüder in Zürich war, zu halten. »Sie wollen also, dass ich eine Besuchserlaubnis für Sie besorge?«
»Darum wollte ich Sie bitten«, sagte Grünbaum und blickte den Anwalt fast flehentlich an.

Das ist eine günstige Gelegenheit, dachte Studer, da kann mir der Alte sicherlich, quasi als Gegenleistung, ein Tallit beschaffen.
»Nicht nur das«, versprach der Zaddik, »er soll natürlich auch seine *Tefillin* bekommen.«
»Tefillin?« Dieses Wort war dem Anwalt unbekannt.
»Das sind zwei lederne Schächtelchen, in denen sich Pergamentstückchen mit ausgewählten Bibelstellen befinden«, erklärte Grünbaum.
»Jetzt weiß ich«, fiel ihm Studer ins Wort. »Sie sind an ledernen Riemen befestigt.«
»Ganz recht. Und an verschiedenen Stellen in der Bibel werden die Juden aufgefordert, ein Zeichen auf ihre Hand und zwischen ihre Augen zu setzen, das sie daran erinnert, Gottes Geboten zu gehorchen. Aber insbesondere daran, dass er sie aus der Sklaverei in Ägypten befreit und in das verheißene Land geführt hat.«
Moy Grünbaum hatte Beat Studer die ganze Zeit über aufmerksam beobachtet und war zufrieden darüber, wie interessiert ihm zugehört wurde. Aber er wollte sich nicht weiter über dieses Thema auslassen, gab dem Anwalt einen Zettel mit seiner Telefonnummer und bat darum, ihn zu verständigen, wenn die Besuchserlaubnis erteilt worden war.
Studer versprach es ihm und der Kaninchenschächter wollte wissen, was er dem Anwalt schuldig sei.
»Ich bitte Sie«, wehrte Beat Studer fast gereizt ab und geleitete Grünbaum zur Tür.

Beat Studer flog bei spätsommerlichen Temperaturen von Zürich-Kloten ab. Als er in Berlin-Tempelhof die Maschine verließ und auf das Flughafengebäude zuging, verspürte er trotz der Wärme einen kühlenden Lufthauch, den er als prickelnd empfand. Als er sich noch einmal umblickte, sah er, wie nahe die Häuser an die Start- und Landebahn gebaut waren, und fragte sich, welche Ängste die Bewohner wohl hatten, wenn die Fahrwerke fast die Dachrinnen berührten.

Nachdem Daniel Goldberg ihm den Tag der Besprechung mit Herrn Stcherbinine mitgeteilt hatte, war es Frau Mädler nicht gelungen, Privatdetektiv Berger zu erreichen. Er sei zu Ermittlungen in Westdeutschland, hatte sie von der Sekretärin erfahren. Dann solle sie den Rückflug über Frankfurt noch für den Abend buchen, war sie von Studer angewiesen worden. Natürlich wäre es ihm lieber gewesen, die beiden Gespräche während eines einzigen Besuchs zu führen. Aber es war nun einmal nicht zu ändern und so musste er abwarten, bis Berger sich wieder melden würde.

Während der Taxifahrt nach Zehlendorf hatte Studer kaum einen Blick für die Häuser und Menschen draußen. Seine Gedanken waren bei Samek Witos, und er fragte sich, ob er in dem amerikanischen Geheimdienstoffizier wirklich eine Hilfe finden würde.

Die Fensterläden der Villa in der Malvenstraße waren geschlossen. Nichts bewegte sich, außer dem Schatten eines hohen Baumes auf der hellen Hauswand. Erst als Beat Studer über den mit Steinplatten belegten Weg auf das Haus zuging, öffnete sich die Eingangstür einen Spalt breit. Ein junger Mann mit wirrem Haarschopf und leicht schielendem Blick fragte, was er wolle. Dann verschwand er wieder, und es verging geraume Zeit, bis der Schielende wieder erschien. Er forderte Studer in gebrochenem Deutsch zum Eintreten in die hohe, kühle Empfangshalle

auf. An den Wänden hingen zwei riesige Ölgemälde, Landschaften wie aus einer Märchenwelt, und darunter standen wuchtige Bänke, die an Kirchengestühl erinnerten. Der Schielende führte Studer in einen angrenzenden, halbdunklen Raum, wo vier wenig Vertrauen erweckende Gestalten in tiefen Clubsesseln lümmelten und den Fremdling neugierig musterten. Studer musste sich erst an das Zwielicht gewöhnen, während sich hinter einem wuchtigen Schreibtisch ein gepflegt gekleideter Mann erhob und mit ausgestreckter Hand auf ihn zukam.
»Freut mich, Sie zu sehen, Herr Studer«, begrüßte ihn Stcherbinine lächelnd und deutete auf eine Sitzecke. Dann sprach er mit den jungen Männern plötzlich Russisch, die ohne sonderliche Eile aus dem Zimmer schlenderten.
»Es freut mich wirklich, Sie zu sehen«, wiederholte Stcherbinine, bot Studer eine Papirossa an und gab ihm Feuer. »Diese Zigaretten sind eine alte Gewohnheit von mir. Sie erinnern mich an meine alte Heimat.«
Einer der jungen Männer brachte Tee, und Studer blickte ihm nach, als er wieder die Tür hinter sich schloss.
Der Oberstleutnant nickte seinem Besucher aufmunternd zu, und Beat Studer begann, ihm Samek Witos' Schicksal ausführlich zu erzählen. Stcherbinine unterbrach ihn kein einziges Mal, stand zwischendurch nur kurz auf und holte von seinem Schreibtisch einen Stenogrammblock. Dann und wann machte er sich ein paar Notizen, ohne dabei seinen Blick von Studer abzuwenden.
Der junge Anwalt kam zum Ende und hatte jedes Zeitgefühl verloren, sogar der Tee war inzwischen kalt geworden.
»Ja«, sagte der Geheimdienstoffizier nach einer Weile, »keine einfache Angelegenheit.« Er stand auf, ging im

Zimmer auf und ab, blieb dann und wann stehen und dachte nach. »Berkowitsch, habe ich doch richtig verstanden?«

Beat Studer nickte nur, während Stcherbinine noch einmal kurz auf seinen Stenoblock schaute, bevor er ihn wieder auf den Schreibtisch legte.

»Ich will sehen, was sich tun lässt. Aber versprechen kann ich nichts. Das Ganze liegt ja nun schon viele Jahre zurück.«

Studer erhob sich aus seinem Sessel und sagte, er wolle die Zeit des Oberstleutnants nicht länger in Anspruch nehmen.

»Die Geschichte wird Zeit brauchen. Wenn ich etwas erfahren habe, erhalten Sie von Herrn Goldberg Nachricht.«

X.

Hatte Samek Witos am 15. April 1954 spätnachmittags noch ruhig und völlig gefasst, mit einem gewissen Stolz in seiner Haltung und dem Gefühl, endlich Frieden mit sich zu haben, die Zelle im Züricher Untersuchungsgefängnis betreten, veränderte sich der Häftling – wenn anfangs auch kaum sichtbar – je länger die Unterredungen mit seinem Verteidiger oder dem Vernehmungsrichter dauerten. Ohne jeden Kontakt nach draußen wusste er nicht, was in der Welt seit seiner Inhaftierung passiert war; nur im Sommer erfuhr er von einem Vollzugsbeamten, dass die Deutschen in Bern Fußballweltmeister geworden waren. Doch das interessierte ihn wenig.
Mit zunehmender Haftdauer wuchs seine Teilnahmslosigkeit, selbst als ihm Bücher in seiner Muttersprache angeboten wurden, lehnte er ab. Seine Gedanken kreisten um Janek Klaymann. Als er eines Tages aus fremdem, ›ungläubigem‹ Mund das »Du sollst nicht töten« wie auch »Die Rache ist mein, spricht der Herr« hörte, begann sich Sameks physischer Zusammenbruch abzuzeichnen. Die eigentliche Ursache kannte nur er selbst. Als er vom Untersuchungsrichter im Verlauf der Vernehmungen auf das Unstatthafte seiner Privatjustiz und die Möglichkeit, dass er sich geirrt haben könnte, angesprochen wurde, sagte er: »Wenn Klaymann unschuldig gewesen wäre, hätte ich gar nicht schießen können.«

»Warum denn nicht?«, wollte Freddy Guggenbühler wissen. »Das Magazin der Pistole ist aber doch voll gewesen.« »Trotzdem«, wiederholte Samek Witos, »ich hätte gar nicht können. Wenn Klaymann unschuldig gewesen wäre, hätte der Allerhöchste – gepriesen sei sein Name! – meinen Arm verdorren lassen, bevor ich noch von der Waffe hätte Gebrauch machen können. Es wäre einfach nicht so gekommen, es wäre gar nicht möglich gewesen, was ich getan habe.«

In dieser für Freddy Guggenbühler völlig unbekannten Welt war es für einen Schweizer Untersuchungsrichter schwer, dieses Argument eines aus dem Osten stammenden Juden mit den Grundlagen der westlichen Kriminalistik in Einklang zu bringen. Da muss mir Studer helfen, sagte er sich und verabredete sich für den Abend mit ihm.

»Ja, darüber habe ich auch schon nachgedacht, aber ich muss ehrlich gestehen, dass ich nicht weit gekommen bin.« Beat Studer überlegte einen Moment, bevor er fortfuhr: »Ich kann mir nur vorstellen, dass Witos glaubt, was er sagt: Er hat gehandelt – sogar handeln müssen – wie er glaubte. Er hat ja auch betont, dass seine Tat aus dem Glauben geschah.«

»Das ist nur sehr schwer nachvollziehbar«, meinte Guggenbühler, und der Anwalt musste ihm beipflichten.

»Vielleicht sollte ich noch mal mit dem Rabbiner sprechen, er müsste doch in der Lage sein, Witos' Handeln zu erklären.«

»Fragt sich nur, ob das vor Gericht Eindruck macht«, erwiderte der Untersuchungsrichter.

Beat Studer bewunderte Guggenbühlers für einen Vertreter der Strafjustiz ungewöhnliche Denkart, die ihn vollkommen von Staatsanwalt Spörri unterschied. Der würde vor Gericht entlastende Argumente, die sich auf religiöse Glaubensansichten stützten, nach allen Regeln der Kunst zerreißen, war er sich sicher.

Während die beiden Juristen sich noch darüber unterhielten, ob man Samek Witos' Straftat als vorsätzlichen Mord oder als Totschlag im Affekt bewerten müsste, lag der Häftling auf der harten Pritsche in seiner Zelle. Hatte er in den ersten Wochen nach seiner Verhaftung noch ohne Schwierigkeiten, vielmehr im Gefühl, die Gerechtigkeit wiederhergestellt zu haben, einschlafen können, wenn das trübe Licht an der Zellendecke verloschen war, mehrten sich die Nächte, in denen er sich unruhig hin und her wälzte. Wie, wenn ich doch falsch gehandelt habe, fragte er sich immer öfter? Wenn Klaymann unschuldig oder zumindest nicht so schuldig gewesen ist, wie ich sechs Jahre lang geglaubt habe?
In solchen Augenblicken sah er Stanislaw Berkowitsch vor sich, wie er in einem Viehwaggon nach Osten rollte. Daran war allein Klaymann Schuld, der einen unliebsamen Mitwisser im dubiosen Berliner Radiumgeschäft hatte aus dem Weg räumen wollen. Hatte der Masser Angst davor gehabt, dass der Schwindel auffliegen würde? Und dass es ein Schwindel war, daran gab es für ihn keinen Zweifel. Weshalb hätte Klaymann ihm sonst die 5000 Dollar anbieten sollen, wenn das Radium nicht echt gewesen wäre? Aber konnte er den Betrug beweisen?
»Wie, wenn der Allerhöchste – gepriesen sei sein Name! – nur meine Demut auf die Probe stellen wollte?«, so quälte er sich immer öfter. Samek hielt eine der Quasten seines Gebetsschales, den Beat Studer ihm mitgebracht hatte und den er nach dem Abendgebet bis zum näch-

sten Vormittag nicht mehr ablegte, in der Hand. »Wie, wenn der Allerhöchste – gepriesen sei sein Name! – sich gerade Klaymann zum Zeugen dafür ausgewählt hatte, dass er der Richter ist und nicht ich, der unbedeutende Samek Witos aus Luzk?« Er musste bei diesem Gedanken schluchzen, doch Tränen blieben aus. »Wie, wenn meine Hand, die ich tötend erhoben habe, sich in Wirklichkeit gegen das Gesetz und gegen die Propheten und denjenigen richtete, der Israel aus allen Völkern auserwählte?«

Samek hielt es nicht länger auf seiner Pritsche, er stand auf und ging in der Zelle auf und ab. »Wer hat je gesagt«, fragte er sich, »wann der Allerhöchste die Hand eines Untäters verdorren lässt?« Er blieb wie angewurzelt stehen und verhüllte den Kopf mit seinem Tallit. »Tut ER es in seiner großen Barmherzigkeit, damit sein Kind kein Unrecht begehen kann? Oder nachher zur Strafe und Warnung für alle aus SEINEM Volk? Hat ER nicht auch Kain nach dem Mord an seinem Bruder Abel erst ruhig nach Hause gehen lassen?«

Jetzt flossen die Tränen über Sameks Wangen, und er schlug sich mit beiden Fäusten gegen die Stirn. »Wenn das so ist«, gestand er sich ein, »dann bin ich nur ein gemeiner Mörder!«

In den folgenden Wochen ging in Witos' körperlicher Verfassung zunehmend eine merkwürdige Veränderung vor: Seine rechte Hand schwoll mehr und mehr an, und eine hochgradige Schmerzhaftigkeit machte es ihm fast unmöglich, die Finger zu bewegen.

»Man sollte vielleicht Herrn Professor Büsser hinzuziehen«, meinte der Anstaltsarzt, als er sich mit dem Direk-

tor unterhielt, »er kennt ihn ja vom Burghölzli her, und das besser als ich.«
»Und wenn er nur simuliert?«, wandte der Direktor ein.
»Völlig ausgeschlossen!«, widersprach der Arzt. »Ich weiß zwar nicht, was er damit meint, seine rechte Hand würde ›verdorren‹, aber die Symptome, die Schwellung meine ich, sind unübersehbar.«
»Und Sie haben bisher nichts tun können?«
»Die physikalische Therapie bringt nichts«, antwortete der Arzt. »Die Cortisoninjektionen ins Schultergelenk wirken nur kurzzeitig und ich kann Witos ja nicht ständig mit dem Zeug voll pumpen. Er kann seinen rechten Arm weder abwinkeln noch heben. Ich bin mit meinem Latein am Ende.«
Eine unangenehme Sache, dachte der Direktor, was sich aber weniger auf den Häftling als auf sein Gefängnis bezog. Schon der Mord allein hat in der Öffentlichkeit, wenigstens in den ersten Tagen danach, genügend Aufsehen erregt, wie würde man – allen voran die Presse – erst reagieren, wenn Witos in seiner Anstalt etwas zustoßen sollte. Zwar wollte der Direktor nicht unterstellen, dass man ihm vorwerfen würde, sich nur deshalb nicht genügend um den Häftling gekümmert zu haben, weil er Jude ist; aber der Bezichtigung unterlassener Hilfeleistung sähe er sich bestimmt ausgesetzt.
»Ich schlage vor«, unterbrach der Arzt die Überlegungen des Direktors, »dass wir Witos im Kantonsspital untersuchen lassen, vielleicht findet man ja dort etwas heraus.«
Nach drei Tagen lag Samek Witos wieder auf der Pritsche in seiner Zelle, hohläugig und verquält, und die Schmerzen wurden immer unerträglicher. Die Arteriographie hatte keinerlei Anhaltspunkte für eine Kreislauf-

störung erbracht, die den Blutzufluss in die Gefäße hätte behindern können, und so blieb dem Gefängnisarzt nichts weiter übrig, als schmerzstillende Opiate zu verabreichen, aber das konnte er nicht mehr lange tun, da der labile Zustand des Patienten es nicht zuließ.
Samek Witos erkannte Professor Büsser kaum, als er zusammen mit dem Gefängnisarzt und Freddy Guggenbühler auf ihn herunterblickte, und in seinen Ohren war ein so starkes Rauschen, dass er kaum verstand, was er gefragt wurde. Der Leiter der Kantonalen Heilanstalt Burghölzli erschrak über den Zustand des Häftlings und war sich darüber im Klaren, dass hier ein totaler Persönlichkeitszerfall kurz bevorstand.
»Meine Herren«, sagte er, »es ist das Beste, wenn Sie Witos wieder mir überlassen. In dieser Verfassung kann er auf keinen Fall hier bleiben.«
Während die Drei auf dem Weg zurück zum Direktionsbüro waren, begegnete ihnen Moy Grünbaum, der freundlich grüßte und von einem Vollzugsbeamten in Witos' Zelle gelassen wurde. Der Anstaltsleiter ging noch einmal zurück und wollte von dem Beamten wissen, wer der Besucher war.
»Es ist der Zaddik, lautete die Antwort, »er hat eine Besuchserlaubnis und darf mit Witos allein sprechen.«

»Sind denn hier alle verrückt geworden?«, polterte Staatsanwalt Spörri, und an seinen Schläfen traten die Adern hervor. »Erst ruft mich Professor Büsser an, und jetzt kommst du auch noch damit.«
Beat Studer ließ sich nicht beeindrucken, schlug die Beine übereinander, zündete sich eine Zigarette an und wartete darauf, dass Spörri sich beruhigte.

»Was soll denn der Quatsch, Witos eine Synagoge besuchen zu lassen? Dürfen andere Häftlinge etwa in die Kirche?« Seine Stimme war schon etwas leiser geworden, als der Staatsanwalt wieder an seinem Schreibtisch Platz nahm. »Und was ist, wenn er auf dem Weg dorthin flüchtet?«

»In seinem Zustand?«, spöttelte Studer. »Schau ihn dir doch an, er ist ja fast nur noch Haut und Knochen.«

»Wer hat Witos denn auf diese Idee gebracht?«, wechselte Spörri das Thema.

»Dem du die Besuchserlaubnis gegeben hast – Herrn Grünbaum. Schließlich ist er ein Zaddik und wird schon wissen, was für seinen Glaubensbruder gut ist.«

»Hat er vielleicht Medizin studiert, oder ist er ein Wunderheiler?«, stichelte Spörri jetzt seinerseits.

»Was spielt das in diesem außergewöhnlichen Fall für eine Rolle?«

»Außergewöhnlich, außergewöhnlich«, lachte der Staatsanwalt, »den Witos hat nichts anderes als der Haftkoller erwischt, so etwas kennt man doch.«

»Da ist Professor Büsser aber anderer Meinung«, erwiderte Beat Studer, »und der dürfte sich in solchen Dingen wohl besser auskennen.«

Urs Spörri antwortete nicht, aber ihm war plötzlich klar, dass das ›Verdorren‹ des Armes für den Prozessbeginn allmählich kritisch wurde. Der ihm beschriebene Zustand des Untersuchungshäftlings, den er ja wohl als gegeben hinnehmen musste, machte eine Gerichtsverhandlung unmöglich; so konnte man Witos nicht der Öffentlichkeit vorführen. Trotzdem, einem Synagogenbesuch kann ich unmöglich zustimmen, dachte er. Wenn man draußen davon erfährt, wird es eine Menge Wirbel geben, zumindest in der jüdischen Gemeinde, die deutlich zu Witos auf Distanz gegangen war. Andererseits können wir den Prozess nicht platzen lassen, das könnte manchen auf den Gedanken bringen, dass wir Witos schonen, nur weil er Jude ist.

»Nein, Beat«, sagte er, »schlag dir das mit der Synagoge aus dem Kopf. Wir machen uns doch lächerlich, wenn wir annehmen, dass der Patient dadurch geheilt werden könnte.«

»Glaube versetzt Berge, mein Lieber.« Studer meinte das nicht ironisch, auch wenn sich seine Religiosität in Grenzen hielt und über einen gelegentlichen Kirchgang (und den auch nur Lena zuliebe) nicht hinausging. »Spaß beiseite, du weißt so gut wie ich, dass weder Spritzen noch die Untersuchungen im Kantonsspital etwas gebracht haben. Was vergeben wir uns denn, wenn wir Witos' Wunsch erfüllen?«

»Das ist doch purer Nonsens«, widersprach Spörri. »Ein Gottesdienst als Heilmittel, dass ich nicht lache.«

»Willst du etwa in Kauf nehmen, dass mein Mandant stirbt?«

Der Staatsanwalt musste sich beherrschen, um Studer nicht dadurch zu reizen, dass für ihn Witos' Tod die beste Lösung wäre, und er biss sich auf die Lippen und wich Studers Blick aus.

»Also, sag schon«, drängte der Anwalt, »willst du das riskieren? Wäre dir das gleichgültig?«

Spörri schüttelte den Kopf, war aber nicht bereit, auf Studers Ansuchen einzugehen.

»Ich bleibe bei meinem Entschluss, es muss doch auch noch einen anderen Weg geben.«

»Und welchen?«

»Andere Fachärzte hinzuziehen, aus Basel oder Genf, die herausfinden, was Witos wirklich fehlt«, meinte der Staatsanwalt. »Natürlich will ich Professor Büsser damit nicht zu nahe treten.«

Studer hielt nichts davon, denn der Leiter der Kantonalen Heilanstalt Burghölzli war weit über die Grenzen des Landes hinaus als medizinische Kapazität anerkannt und seine Kollegen würden kaum an seinem Urteil zweifeln.

»Mensch, sei doch nicht so stur«, sagte Studer ärgerlich, »im Grunde genommen weißt du doch, dass Büssers Diagnose stimmt.«

Als der Staatsanwalt schwieg, beugte sich Studer über die Schreibtischplatte, und seine Stimme wurde scharf: »Dann werde ich mich eben an den Oberstaatsanwalt oder direkt ans Gericht wenden, dort ist man bestimmt einsichtiger.«

Auf Spörris Wangen bildeten sich rote Flecken, und Wut stieg in ihm hoch. »Willst du mir drohen?«

Studer lehnte sich wieder zurück und fuhr ruhiger fort: »Lass uns doch vernünftig miteinander reden, wir kennen uns ja nicht erst seit gestern.«

Urs Spörri wusste, dass er in Studer einen ernst zu nehmenden Gegner vor Gericht haben würde. Außerdem hatte er gute Verbindungen zu den Justizbehörden, in denen Leute saßen, die ihm, aus welchen Gründen auch immer, wohlgesinnt waren. Es hatte also keinen Zweck, ihn zu verärgern. Deshalb suchte Spörri nach einem Argument, mit dem sich die Synagogengeschichte vom Tisch wischen ließ. Unvermittelt fiel es ihm ein: »Wer sagt denn, dass man im Rabbinat auf Witos' Wunsch eingeht? Schließlich meiden ihn seine hiesigen Glaubensbrüder wie die Pest.« In seinem Innersten ärgerte er sich darüber,

dass er zur Jüdischen Cultusgemeinde, wie auch zu Juden im Allgemeinen, keine Verbindungen hatte, um sich im Fall Witos an sie wenden und einen Synagogenbesuch verhindern zu können.
»Das lass nur meine Sorge sein«, erwiderte Studer. »Da wird sich schon etwas finden.«
Der Staatsanwalt wollte das Gespräch friedlich beenden und sagte: »Ich werde noch mal gründlich über alles nachdenken, und wenn das Rabbinat grünes Licht gibt, können wir ja noch mal über die Angelegenheit reden.«
Im Grunde genommen war ihm schon klar, dass er im Fall einer Zustimmung seitens der Jüdischen Gemeinde gar nicht anders konnte, als sein Einverständnis zu geben. Ihr gehörten stadtbekannte Persönlichkeiten an, deren Einfluss bis in die allerhöchsten Kreise reichte, und sie hätten ganz bestimmt kein Verständnis für den abschlägigen Bescheid eines Staatsanwalts, wie immer sie zu Samek Witos und seinem Verbrechen stünden. Zwar befürchtete Spörri keine Nachteile, trotzdem konnte bei dem einen oder anderen Vorgesetzten etwas hängen bleiben, was sich hemmend auf seine weitere Karriere auswirkte.

Während die Schweizer Gazetten, besonders die »Neue Zürcher Zeitung« im »Fall Samek Witos« in den ersten Tagen nach dem Mord sachlich berichtet hatten, wurde im »Israelitischen Wochenblatt« kurz nach Ostern die Vorgeschichte anders dargestellt. Als sich Beat Studer auf das Gespräch mit dem Rabbiner vorbereitete, las er noch einmal nach, was im »Israelitischen Wochenblatt« ohne Autorenangabe geschrieben worden war. Da wurde ihm noch deutlicher bewusst, dass sein Mandant bei den Züricher Juden – und wohl auch in der übrigen Schweiz – kaum Verständnis finden konnte.

Zum Mordfall Klaymann erfahren wir noch Folgendes: Der getötete Jakob Klaymann stammt aus Warschau. Während der Hitler-Verfolgungen wurden seine beiden Eltern deportiert und vergast. Er selbst konnte sich retten und hielt sich lange in den Wäldern und anderen Verstecken verborgen. 1947 kam er nach Berlin und blieb dort bis zum Jahre 1951. Da er Kenntnis davon hatte, wo sein Vater Schmuck und Vermögenswerte vergraben hatte, kehrte er noch einmal nach Polen zurück und war tatsächlich beim Auffinden dieser Werte erfolgreich. In Berlin betätigte er sich geschäftlich, und es scheint, dass er in diesem Zusammenhang Jerzy Kasjan kennen gelernt hat, dessen Kugel er jetzt zum Opfer gefallen ist.
Nachdem Klaymann in Berlin zu Vermögen gekommen war – vor allem durch Geschäfte mit den Russen –, ging er nach Westeuropa, dann nach Israel, wo er größere Beträge in der Zementfabrik Schimschon und in einem Unternehmen für die Fleischversorgung Israels mit ostafrikanischem und abessinischem Vieh investierte. Später verlegte er seinen Wohnsitz nach Amerika, von wo er auch jetzt bei seinem Aufenthalt in Zürich gekommen war.
Zuerst in Israel und jetzt wieder in Zürich verlangte Kasjan einen größeren Geldbetrag von Klaymann, indem er behauptete, er, Kasjan, habe in Berlin ein großes Geschäft mit Radium abschließen wollen, welches ihm durch Klaymanns Dazwischentreten entgangen sei. Da Kasjan in diesem Zusammenhang von einem Kilo-

gramm Radium spricht – eine wahrhaft phantastische Menge –, ist es nicht klar, ob seine Behauptung vollständig ins Reich der Phantasie gehört, oder ob an ihr irgendein Kern von Wahrheit ist.
Kasjan verband seine Forderung an Klaymann mit der Drohung, ihn erschießen zu wollen, wenn er das Geld nicht erhalte. ›Ich werde ihn niederschießen wie einen Hund‹, so soll er sich geäußert haben. Später fügte er wahrheitsgemäß hinzu, dass er nun einen Waffenschein und eine Waffe besitze, und unterstrich so seine Drohung. Klaymann hat die Drohung niemals ernst genommen, ihn vielmehr für einen unreifen Burschen erklärt, auf dessen Gerede nichts zu geben sei. Dann aber folgte der tödliche Schuss.

Beat Studer empfand diesen Artikel, der einzige übrigens, der zum Fall Witos im »Israelitischen Wochenblatt« veröffentlicht wurde, als voreingenommen und er fragte sich, ob ganz gezielt Stimmung gegen seinen Mandanten gemacht werden sollte. Auf welche Quellen sich der anonyme Verfasser stützte, war nicht ersichtlich, und der Bericht entsprach auch in vielem nicht den Tatsachen. Samek Witos hatte Janek Klaymann zu keinem Zeitpunkt erpresst, vielmehr die von ihm angebotenen Geldsummen stets zurückgewiesen. Auch stimmte nicht, dass sich Täter und Opfer zum ersten Mal in Berlin begegnet sein sollten. Wie die Einvernahmen Samek Witos' ergeben hatten, kannten sie sich schon von frühester Jugend an und waren in Luzk gemeinsam zur Schule gegangen. Das »Israelitische Wochenblatt« unterstellte dem Untersuchungshäftling von vornherein niedrige Beweggründe, anders konnte Beat Studer das nicht sehen. Er dachte daran, der Redaktion des Blattes zu schreiben und zu fragen, warum sie sich in ihrer Berichterstattung auf diesen einzigen Artikel beschränkt hatte. Es wäre für sie ein Leichtes gewesen, entsprechend zu recherchieren und herauszufinden, dass Samek Witos bis zu den tödlichen Schüssen nichts anderes gewollt hatte, als Janek Klaymann ›um der Gerechtigkeit willen‹ vor ein Din Thora zu bringen. Das hätte sogar das Züricher Rabbinat bestätigen können; aber das war unterblieben. Befürchteten die »Israelitische Wochenblatt«-Redakteure, dass sich nicht alle Mitglieder der Jüdischen Gemeinde von Samek Witos abwenden würden, weil er Janek Klaymann aus seinem alttestamentarischen Verständnis heraus um die halbe Welt verfolgt hatte und dann hier in Zürich doch tötete, weil er sich auch diesmal dem Din Thora entzogen hatte?

»Verbinden Sie mich doch mit Bankier Dreyfuß«, bat Studer Frau Mädler.

»Was kann ich für Sie tun, Herr Studer?« Joseph Dreyfuß' Stimme war kraftvoll und tief.

Ob sie sich möglichst bald treffen könnten, wollte Studer wissen, am besten bei sich in der Kanzlei, da er hier über alle Unterlagen verfüge, die für ihr Gespräch vielleicht wichtig sein könnten.

»Darf ich Ihnen Tee oder Kaffee anbieten?«, fragte der Anwalt, als der Bankier sich setzte, »oder möchten sie lieber einen Cognac?«

»Dazu ist es noch zu früh«, wehrte Dreyfuß ab. »Aber einen Kaffee nehme ich gern. Darf ich rauchen?«

Beat Studer schob ihm einen Aschenbecher über die Tischplatte.

»Worum geht es?«, fragte Dreyfuß, während er sich in den Sessel lehnte und einem Rauchkringel nachblickte.

»Lassen Sie mich nicht lange um den heißen Brei herumreden und gleich zur Sache kommen.« Dann berichtete er dem Bankier von Samek Witos' Zustand und dessen Wunsch, eine Synagoge zu besuchen, was immer er sich davon versprach.

»Wer hat ihm denn das eingeredet?«, unterbrach Dreyfuß den Anwalt.

»Moy Grünbaum höchstwahrscheinlich, der Zaddik.«

»Den kenne ich, ein guter Mann, der Kaninchenschächter. Aber wie kommt der zu Ihrem Klienten?«

»Ganz einfach«, beeilte sich Studer zu erklären, »ich habe ihm dabei geholfen.«

»Und Staatsanwalt Spörri hat da mitgemacht?«

»Es blieb ihm nichts anderes übrig«, schmunzelte Studer. Der Bankier war nachdenklich geworden und befürchtete einen nicht geringen Schlamassel, wenn die Jüdische Gemeinde davon erfuhr. Das war ein eindeutiger Verstoß gegen das ungeschriebene Gesetz, den Mörder eines Glaubensbruders zu meiden, ihn zu ächten.

»Also wenn Sie mich fragen«, brach Studer das Schweigen, »ich finde es großartig, dass es da jemanden gibt, der Witos beisteht und ihm Kraft zu geben versucht.«

»Schon gut«, sagte Dreyfuß, »da stimme ich Ihnen zu; aber in der Gemeinde wird man kein Verständnis dafür haben, jedenfalls nicht bei den Orthodoxen. Der Grünbaum ist schon immer ein Eigenbrödler gewesen und hat sich von niemandem hineinreden lassen. Aber der Zaddik ist ja wohl nicht der Grund, warum Sie mit mir sprechen wollen?«

»Natürlich nicht, Herr Dreyfuß«, bejahte Beat Studer. »Es geht vielmehr darum, dass ich dem Staatsanwalt versprochen habe, vom Rabbiner die Zustimmung zu einem

Synagogenbesuch zu bekommen. Wenn der einwilligt, wird Spörri uns keine Steine mehr in den Weg legen.«

»Und da hoffen Sie auf meine Unterstützung«, stellte Dreyfuß fest und lächelte.

»Das kann ich nicht bestreiten«, lächelte nun auch Studer und war sich fast schon sicher, dass er auf den Bankier bauen konnte. »Würden Sie mit mir zum Rabbinat gehen, Herr Dreyfuß?«

Der Bankier wurde von einer Sekunde zur anderen ernst, und Beat Studer glaubte, in Dreyfuß' Augen plötzlich einen traurigen Ausdruck zu erkennen.

»Ist Ihnen klar, was Sie da von mir verlangen?«

»Herr Dreyfuß, ich nehme die religiösen Bindungen und Ansichten anderer äußerst ernst, das dürfen Sie mir glauben«, sprach Beat Studer eindringlich, »aber im Fall Witos sollte man über seinen eigenen Schatten springen. Hier geht es um Leben und Tod.« Der Anwalt beugte sich vor: »Ich kann mir Ihren Einwand vorstellen; es wird der von Spörri sein: eine Synagoge ist kein Krankenhaus und der Rabbiner kein Mediziner oder Wunderheiler. Wenn es aber dem Kranken hilft – und Witos ist schwer krank –, dann darf man ihm den Beistand nicht versagen. Sie sollten ihn nachts einmal beobachten, wie es der Gefängnisarzt ständig tut, wenn sich der Häftling im Schlaf von einer Seite auf die andere wirft, immer wieder aufschreit, mit der gesunden Hand gegen die Wand schlägt ... Es ist furchtbar. Könnte der Rabbiner das sehen, würde er Witos' Wunsch erfüllen, da bin ich ganz sicher. Aber er kann es nicht sehen und ich weiß nicht, ob er sich von mir überzeugen lässt. Deshalb, Herr Dreyfuß, brauche ich Ihren Beistand.«

Der Bankier blickte Beat Studer nachdenklich an: »Sie

haben ja recht«, sagte er schließlich, »man kann einen Menschen nicht einfach im Stich lassen, was auch immer er getan hat. Und wenn der Plan zum Synagogenbesuch von Grünbaum stammt, dann wird der sich etwas dabei gedacht haben. Allerdings glaube ich nicht an Wunder.«
»Das geht mir genauso«, antwortete der Anwalt, »aber wem kann es denn schaden, wenn Witos zu einem Gottesdienst will?«
»Natürlich niemandem, das weiß ich. Aber wie werden sich die Leute in der Synagoge verhalten, wenn da plötzlich ein Mörder neben ihnen sitzt?« Dreyfuß war nicht wohl bei dem Gedanken, wenn er sich vorstellte, dass jemand aufsprang und lauthals gegen Witos' Anwesenheit protestierte.
»Aber wer kennt ihn denn?«, warf Studer ein. »Keiner hat ihn zuvor gesehen.«
»Am Schabbat sind es meistens dieselben, da fällt ein Fremder sofort auf, und man wird wissen wollen, wer er ist«, widersprach Joseph Dreyfuß.
»Er muss sich ja nicht zu erkennen geben«, meinte Studer. »Er kann ja ein Tourist oder Geschäftsmann auf der Durchreise sein.«
»In der Verfassung, wie Sie sie beschrieben haben? Da sieht man doch auf den ersten Blick, dass etwas nicht in Ordnung ist. Und außerdem: Witos wird doch wohl von Polizisten bewacht werden.«
Das alles waren für Beat Studer keine plausiblen Gründe, um Witos den Besuch des Gottesdienstes verweigern, und er sagte es Dreyfuß auch.
Doch Dreyfuß ging nicht darauf ein, sondern fragte: »Warum, das wollte ich schon immer wissen, Herr Studer, warum setzen Sie sich so für den Mörder ein?«

»Sie kannten meinen Vater gut, Herr Dreyfuß, und Sie wissen, wie er während des Krieges Flüchtlingen und Emigranten geholfen hat. Diesen Hang zur Hilfsbereitschaft habe ich wohl geerbt. Er hätte an meiner Stelle nicht anders gehandelt.«
Der Bankier konnte nur zustimmen, hatte er Studer sen. doch stets mit Spenden unterstützt, wenn Hilfsaktionen durchgeführt wurden. Aber hier ging es nicht um Geld, sondern um einen todkranken Menschen, auch wenn es sich um einen Straftäter handelte. Dreyfuß war fast ein wenig beschämt, dass ein Nichtjude die Verteidigung übernommen hatte und nicht ein Anwalt aus der jüdischen Gemeinde. Aber Beat Studer hatte – das wusste er – von sich aus den Antrag gestellt, die Verteidigung zu übernehmen, und so musste er sich nicht weiter den Kopf darüber zerbrechen, ob das ein Jude auch getan hätte. Aber wo doch der junge Jurist sich so selbstlos für den Mörder einsetzte, überlegte der Bankier, sollte ich da nicht erst recht etwas tun, um dem Häftling zu helfen? Was vergebe ich mir, wenn ich Studer zum Rabbiner begleite? Dreyfuß war sich auf einmal sicher, dass er sich nicht mehr darauf berufen konnte, dass ein Mensch geächtet werden müsste, weil er als Jude einen anderen Juden erschossen hatte. Was gäbe ihm, der nicht im alttestamentarischen Sinn erzogen worden war, das Recht, sich wie ein Strenggläubiger zu verhalten? Nun ja, er fühlte sich der jüdischen Gemeinde verpflichtet, aber weniger aus religiösen Gründen, sondern weil er dort helfen wollte, wo sein Beistand gebraucht wurde. In erster Linie war er Schweizer, egal welchen Glaubens, und damit war er verpflichtet, dort einzuspringen, wo es notwendig war. Und wenn es hier galt, Samek Witos in seinem jetzigen

Zustand beizustehen, dann durfte er sich nicht davonstehlen.
»Also gut«, sagte er, »aber ich stelle eine Bedingung.«
»Und die wäre?« Studer blickte seinen Besucher neugierig an.
»Der Zaddik Grünbaum muss dabei sein.«
Beat Studer lehnte sich erleichtert zurück, und ein leichtes Lächeln spielte um seine Mundwinkel. »Eine gute Idee, Herr Dreyfuß, eine wirklich sehr gute Idee.«
Auf dem Weg zur Tür blieb der Bankier kurz stehen: »Was hören Sie eigentlich von dem Detektiv in Berlin?«
»Bisher leider nicht allzu viel«, antwortete Studer, »die ersten Berichte klingen ziemlich vage, aber er hat mir neulich am Telefon angedeutet, dass er auf der Spur eines Vertrauensmannes im Osten sei und sich bald wieder melden werde.«

Eigentlich hatte der Rabbiner sich verleugnen lassen wollen; als er jedoch hörte, dass Anwalt Studer von Bankier Dreyfuß und Moy Grünbaum begleitet wurde, ließ er sie hereinbitten. Er konnte sich nicht vorstellen, was sie von ihm wollten; schließlich hatte er Beat Studer ja schon deutlich gemacht, dass er Samek Witos nicht im Untersuchungsgefängnis besuchen würde. Wollte er ihn mit Hilfe seiner Begleiter etwa umstimmen? Nein, es kam überhaupt nicht in Frage, dass er seine Meinung änderte.
»Nein«, sagte der Anwalt, »darum geht es nicht. Ich will Sie vielmehr darum bitten, Samek Witos einen Synagogenbesuch zu erlauben.«
Der Rabbiner war zunächst sprachlos und schaute seine Besucher einigermaßen verständnislos an.
»Sie haben mir ja deutlich genug gemacht«, fuhr Beat

Studer fort, »dass Sie meinen Mandanten keinesfalls in der Haftanstalt besuchen können.«

»Das stimmt, und dabei bleibt es auch«, sagte der Rabbiner barsch.

»Dann ist es ja nur gut, dass er mich hat«, warf Grünbaum ein, »der Junge braucht Hilfe.«

»Und dazu soll die Synagoge gut sein?«

»Wenn Sie mir ein Wort gestatten, Herr Rabbiner«, ging Joseph Dreyfuß dazwischen, »der Zustand des Häftlings ist ernst, sehr ernst sogar, es muss etwas unternommen werden.«

Ich weiß nicht, worauf sie hinaus wollen, dachte der Rabbiner, sagte aber nichts, stützte nur den Kopf in die Hand und wartete auf eine Erklärung.

»Witos befindet sich in einem starken Gewissenskonflikt«, versuchte Beat Studer sich verständlich zu machen, doch bevor er fortfahren konnte, blickte der Rabbiner auf und meinte:

»In den hätte er geraten sollen, bevor er Klaymann erschoss.«

»Hören Sie zu, Rebbe«, der Zaddik sprach in aller Ruhe, »ich bin schon oft bei Witos Samek gewesen und habe ihn angehört, mit ihm gebetet, ihn getröstet ...«

»... getröstet? Einen Mörder getröstet? Das ist doch wohl ein Witz.« Der Rabbiner musste an sich halten, um nicht zu lachen.

»Spotten Sie nur.« Moy Grünbaum ließ sich nicht aus der Ruhe bringen, »Witos Samek fragt sich, ob der Mord nicht doch ein Fehler gewesen war, dass der Allerhöchste – gepriesen sei sein Name! – ihn nur auf die Probe stellen wollte. Und nun verdorrt sein Arm.«

»Eine rein psychosomatische Angelegenheit«, ergänzte

Studer, »Professor Büsser hat das eindeutig erkannt. Hier haben wir ein klassisches Beispiel dafür, dass körperliche Reaktionen durchaus auf seelische Einflüsse zurückgeführt werden können.«

»Und wenn Witos die Synagoge besucht, wird ihm das helfen, denken Sie?« Der Ton des Rabbiners war jetzt sachlich.

»Das weiß man nicht, aber einen Versuch ist es wert«.

Es entstand ein längeres Schweigen, und der Rabbiner wusste nicht, wie er sich verhalten sollte. Was würde geschehen, wenn man in der Synagoge davon erfuhr, wer da mit ihnen betete? Er konnte kein Risiko eingehen, die Folgen waren nicht abzusehen, er konnte den Frieden innerhalb der Gemeinde nicht aufs Spiel setzen. »Das kann ich den Gläubigen nicht zumuten«, sagte er schließlich.

»Sie sind doch ein liberaler Mann, Rabbi.« Joseph Dreyfuß bemühte sich, seine Ruhe zu bewahren.

»Und unsere Gesetze waren nie im Stillstand«, warf Grünbaum ein. »Sie haben sich ständig verändert und mit jeder Generation weiterentwickelt. Das wissen Sie doch so gut wie ich.«

»Die biblischen und talmudischen Vorschriften sind aber immer streng eingehalten worden«, versuchte der Rabbiner sich zu rechtfertigen.

»Aber die rabbinischen Autoritäten, wie Sie eine sind, haben sich andauernd an die örtlichen Sitten gehalten und danach jüdische Verhaltensweisen festgelegt«, warf der Zaddik ein und schaute den Bankier dabei an, als erwartete er dessen Zustimmung.

»Offen gestanden, Herr Rabbiner«, sagte Joseph Dreyfuß, »ich bin einigermaßen enttäuscht von Ihnen. Ich habe Sie bisher stets für tolerant gehalten.«

Der Rabbiner wollte schon aufbrausen, beherrschte sich aber im letzten Moment, weil er ahnte, was kommen würde, wenn er sich weiterhin ablehnend verhielt. Und er irrte sich nicht.
»Sie wissen – und das ist auch in der Gemeinde kein Geheimnis –, dass Sie bei mir jederzeit ein offenes Ohr gefunden haben, wenn es darum ging, anderen zu helfen.« Der Bankier wusste, dass er damit einen Trumpf in der Hand hielt, denn man würde immer wieder zu ihm kommen, wenn Gelder für diesen oder jenen Zweck gebraucht wurden, beispielsweise, um die Synagoge zu renovieren.
»Das habe ich stets an Ihnen geschätzt, Herr Dreyfuß, das wissen Sie auch.« Dem Rabbiner war klar, dass er sich in der Defensive befand und lenkte ein. »Nun gut, wenn Sie so fest davon überzeugt sind, dass Witos mit einem Synagogenbesuch geholfen ist, dann stimme ich in Gottes Namen zu, möchte Sie aber dringend bitten, alles zu tun, um Ärger beim Gottesdienst auszuschließen. Wie Sie das machen, weiß ich allerdings auch nicht.«
»Darüber werde ich mit dem Staatsanwalt sprechen«, versicherte Beat Studer, »es wird sich ein Weg finden.«
Dem Zaddik war anzusehen, dass er sich über den plötzlichen Sinneswandel des Rabbiners amüsierte; er kannte ihn gut genug, um nicht zu wissen, dass die Gemeinde auf Dreyfuß' Spenden angewiesen war.
»Nun denn, masel tov«, verabschiedete der Rabbiner seine Besucher und brachte sie zur Tür.

Studer, Dreyfuß und Grünbaum gingen in Richtung See, als der Bankier unvermittelt stehen blieb. »Bei aller Erleichterung, meine Herren, ich werde ein mulmiges Gefühl nicht los. Wer garantiert uns, dass es nicht doch zum Krach kommt?«

»Das kann natürlich niemand«, sagte Studer, »aber wir sollten doch froh sein, dass der Rabbiner nicht stur geblieben ist und verhältnismäßig schnell eingelenkt hat.«

»Gibt es nicht doch noch eine andere Möglichkeit, mit der Witos geholfen werden kann?« Dreyfuß ließ sich seinen Vorbehalt nicht nehmen. »Vielleicht sollte man einen Psychiater einschalten, der Ihren Mandanten behandelt?«

»Das halte ich für zwecklos«, widersprach Studer. »Bei den traumatischen Erinnerungen, unter denen Witos leidet, würde eine psychiatrische Therapie Monate, wenn nicht gar Jahre dauern. Professor Büsser würde mir da sicher zustimmen.«

Joseph Dreyfuß wusste, dass der Anwalt Recht hatte, wünschte ihm und Moy Grünbaum noch einen schönen Tag und ging in Richtung Bahnhofstraße davon.

XI.

Wenn Beat Studer in aller Ruhe nachdenken und sich durch nichts ablenken lassen wollte und das Wetter es zuließ, ging er den Uetliberg hinauf, setzte sich auf eine Bank und schaute hinüber zur »Goldküste«, zur anderen Seeseite, wo so mancher wohlhabende Züricher, in Zollikon beispielsweise, seinen Wohnsitz hatte. Er empfand dabei jedoch keinerlei Neid, denn er hätte sich dort ebenfalls ein Domizil leisten können; vielmehr spürte er bei diesem Anblick Dankbarkeit dafür, dass sein Heimatland von den Kriegswirren verschont geblieben war und nicht, wie fast ganz Europa, in Schutt und Asche lag. In solchen Stunden war er ganz einfach glücklich, ging in Gedanken die eine oder andere Prozessakte durch und fand meistens auch eine Lösung.

Der Fall Samek Witos war die größte Herausforderung, der er sich bisher gestellt hatte, und manchmal kamen ihm Bedenken, ob er darüber nicht so manchen anderen Klienten vernachlässigte. Aber er wollte in dem bevorstehenden Mordprozess seine ganze Kraft einsetzen, um das bestmögliche Urteil für Witos zu erreichen. Das würde schwer werden, das wusste er, denn Mord blieb Mord, aus welchen Gründen auch immer er geschehen war. Aber dieser Fall lag eben doch völlig anders, und das mussten die Richter berücksichtigen. Er musste ihnen klarmachen, dass man den Fall Witos nicht nur mit schweizerischen

Maßstäben messen konnte. Aber wenn sie nicht nur die Strafprozessordnung vor Augen und ihre menschlichen Empfindungen nicht vor der Tür des Gerichtssaals gelassen hatten, dann dürften sie sich nach seiner Meinung eigentlich dem Schicksal des Samek Witos nicht entziehen können. Sie müssten nachempfinden, wie das bisherige Leben eines jungen Mannes verlaufen war, der vor den Massengräbern der 18000 ermordeten Juden von Luzk, zu denen auch seine Eltern zählten, gestanden hatte und einige Jahre später annehmen musste, ein fast Gleichaltriger namens Janek Klaymann sei Schuld daran, dass sein Freund und ehemaliger Geschäftspartner Stanislaw Berkowitsch, den er in Olkusz kennen gelernt hatte, nach Sibirien verschleppt worden war.
Beat Studer blickte hinunter zum See, verfolgte einen Dampfer, der in Richtung Rapperswil fuhr, und glaubte, die Fahrgäste erkennen zu können. Da musste er plötzlich an Lena denken, die eine fast kindliche Freude an Bootsfahrten hatte. An manch sonnigen Tagen hatte sie ihn in der Kanzlei angerufen und dazu überredet, mit auf eines der Schiffe zu kommen. Was sie jetzt wohl macht, fragte er sich, denn in letzter Zeit hatten sie immer seltener miteinander telefoniert, geschweige denn sich getroffen. Ist der Fall Witos auch daran Schuld? überlegte er. Vernachlässige ich Lena ebenso wie manchen Mandanten; kann ich das verantworten? Er hatte auf einmal ein schlechtes Gewissen und nahm sich vor, sie heute noch anzurufen. Dann machte er sich wieder auf den Weg in die Stadt, blieb auf halber Höhe des Uetliberges stehen, linker Hand lag der Jüdische Friedhof, auf dem sich das Grab des ehemaligen deutschen Tenors Josef Schmidt befand, der in seiner Heimat Triumphe feiern konnte,

bis ihn die Nazis vertrieben. Aber auch sein Exil brachte ihm kein Glück: Während andere geflohene Künstler, zum Beispiel Therese Giehse, im Züricher Schauspielhaus von ihrem Publikum gefeiert wurden, starb er, verlassen und vergessen, an Lungenentzündung. Nachdenklich schritt Beat Studer weiter, und seine Gedanken kehrten wieder zu Samek Witos zurück.

Als wäre es Gedankenübertragung gewesen, fand Studer auf seinem Schreibtisch eine Notiz von Frau Mädler: »Sie möchten sich bitte bei Fräulein Lena melden.« Doch als er sie anrief, wurde der Hörer nicht abgenommen. Unter der eingegangenen Post fand Studer eine Einladung von Joseph Dreyfuß für den kommenden Samstag vor – »um den Schabbat ausklingen zu lassen«, wie es darin hieß. Er blätterte in seinem Terminkalender, doch die Wochenendseiten waren leer, er konnte also zusagen. Nach einer Weile versuchte er nochmals, Lena zu erreichen.
»Ja, bitte?« Ihre Stimme war hell und fest.
»Du wolltest mich sprechen?«
»Ich habe eine Einladung von Herrn Dreyfuß bekommen. Du auch?«
»Ja, für Samstag«, antwortete er und war glücklich, ihre Stimme zu hören. »Nimmst du sie an?«
Lena zögerte einen Augenblick, und Beat befürchtete schon, sie könnte ablehnen. Doch dann sagte sie: »Ich freue mich sehr, dich am Wochenende zu sehen.«
Die Villa des Bankiers lag in der Aurorastraße, die zum Dolder hinaufführt, und von der Gartenterrasse aus konnte man den Golfspielern zusehen. Doch Dreyfuß hatte keinen Sinn für diesen Sport. Beat Studer wartete bereits eine gute Viertelstunde in seinem Wagen auf Lena, denn

er wollte mir ihr zusammen ins Haus gehen. Sie war pünktlich wie immer, ließ sich von ihm in die Arme nehmen und auf beide Wangen küssen. »Schön, dass du da bist«, sagte er und Lena fuhr ihm, ohne zu antworten, kurz übers Haar.

Sie waren nicht die ersten Gäste, und Joseph Dreyfuß musste Lena und Studer nicht vorstellen, denn man kannte sich von den verschiedensten Anlässen her, sei es aus dem Schauspielhaus oder von Konzerten, Vernissagen oder anderen Veranstaltungen. Beat Studer war erstaunt, auch Freddy Guggenbühler, den Untersuchungsrichter, zu sehen, und fragte sich, ob der Gastgeber ihn absichtlich eingeladen hatte.

»Interessante Neuigkeiten, Herr Studer.« Guggenbühler lehnte am Geländer der Gartenterrasse, ein Weinglas in der Hand, sprach aber nicht weiter – so als wollte er die Neugier des jungen Anwalts steigern. Lena unterhielt sich ein wenig abseits mit einer ehemaligen Schulfreundin, die sie seit Jahren nicht mehr gesehen hatte, und hin und wieder blickte sie sich nach Beat Studer um.

»Was für Neuigkeiten, Herr Guggenbühler?«

»Ach, lassen wir das, wir sollten an diesem Abend nicht über Dienstliches sprechen.« Der Richter schüttelte den Kopf.

»Nun reden Sie doch, Sie haben es schon spannend genug gemacht. Oder soll ich bis Montag rätseln, was Sie mir erzählen wollten?« Über Beat Studers Nasenwurzel bildete sich eine kleine Unmutsfalte, die auch nicht verschwand, als er einen Schluck aus seinem Whiskyglas nahm.

»Also gut.« Freddy Guggenbühler drehte sich um und blickte zu dem Golfplatz, über den sich schon die Dämmerung legte, was die Spieler jedoch nicht davon abhielt, eine neue Runde zu beginnen. Studer trat neben ihn und wartete darauf, dass er endlich sprach. Aber der Untersuchungsrichter lachte plötzlich lauthals: »Immer wenn ich Golfspieler sehe, muss ich an einen besonders guten Witz denken«, gluckste er. »Den muss ich Ihnen erzählen.«

»Darf ich wissen, was es hier zu lachen gibt, oder störe ich?« Lena trat zu ihnen und schob ihre Rechte unter Beats Arm.

»Aber ich bitte Sie, meine Liebe, ihr verehrter Freund sollte gerade einen Witz zu hören bekommen; der wird Sie bestimmt auch amüsieren.«

»Da bin ich gespannt, aber die meisten Witze verstehe ich sowieso nicht.« Lena nickte Guggenbühler aufmunternd zu.

»Also, es war an einem Schabbat, so wie heute«, schmunzelte der Richter, »der Herrgott thronte auf einer Wolke, Petrus neben sich, und blickte wohlgefällig zur Erde hinunter. Da sah er einen Rabbiner auf seinem Weg zur Synagoge, der an einer Golfanlage vorbeiführte. Der Rabbi, selbst ein begeisterter Golfer, blieb stehen, schaute sich um, aber weit und breit war niemand zu sehen. Nach kurzem Zögern ging er auf das Clubhaus zu, und Petrus erstarrte: Herr, das kannst du doch nicht zulassen! Doch Gott schwieg, während der Rabbiner im Club zu einem Schrank ging, seinen Golfschläger herausnahm und dann den Rasen betrat. Es ist heiliger Schabbat, Herr, rief Petrus verzweifelt, er schändet den Schabbat! Aber Gott sagte immer noch nichts. Der Rabbi ging zum ersten Abschlag, legte den Ball zurecht, und als er zum Schlag ausholte, kreischte Petrus: Lass einen Blitz hernieder-

fahren, Herr, er soll ihn erschlagen! Doch Gott schwieg weiter. Mit einem gewaltigen Schwung beförderte der Rabbiner den Ball über zweihundert Meter weit ... direkt ins Loch. Das darf doch nicht wahr sein, wimmerte Petrus, und du lässt so etwas zu, Herr! Da lächelte der Herrgott und sagte: Und wem kann er's erzählen?«
Ein paar Sekunden lang herrschte Schweigen, doch dann lachten Lena und Studer so laut, dass sich die anderen Gäste nach ihnen umdrehten.
»Nun Spaß beiseite«, sagte Freddy Guggenbühler, nachdem Beat Studer sich wieder beruhigt hatte, »ich habe wichtige Nachrichten aus Paris. Staatsanwalt Spörri hat sie mir gestern zugeschickt, aber ich konnte Sie in der Kanzlei leider nicht mehr erreichen.«
Wer immer den Anstoß dazu gegeben hatte, ohne Absender waren Staatsanwalt Spörri von einem französischen Kollegen beglaubigte Aussagen aus Paris zugeschickt worden, in denen Zeugen bestätigten, dass Janek Klaymann jene polnische Familie, in deren Keller er versteckt worden war, bestohlen hatte und es bestand auch kein Zweifel, dass er für die Verhaftung seiner ehemaligen Beschützer verantwortlich war.
Beat Studer ärgerte sich, dass Spörri nicht auch ihn unterrichtet hatte, und nahm sich vor, ihn bei nächster Gelegenheit zur Rede zu stellen. Früher oder später hätte er sowieso Akteneinsicht erhalten, aber dann wäre bereits wieder unnötig Zeit verstrichen. Warum also verständigte er ihn nicht schon jetzt, oder steckte da eine Absicht dahinter? Guggenbühler teilte seine Auffassung, denn auch ihm lag daran, die Ermittlungen im Fall Witos möglichst bald abzuschließen. Allerdings wusste er nicht, welche entlastenden Beweismittel Studer noch herbeibrin-

gen würde, worüber nochmals Wochen verstreichen könnten.

»Natürlich weiß ich nicht, ob die in Paris gemachten Angaben hier vor Gericht anerkannt werden«, sagte Guggenbühler.

»Vortragen werde ich sie auf jeden Fall«, antwortete Studer, »immerhin belegen sie Witos' Darstellungen.«

Der Untersuchungsrichter beließ es dabei, nahm dankend ein neues Glas Wein von dem Tablett, mit dem das Hausmädchen von Gast zu Gast ging, und dann wollte er noch wissen, welche Pfeile Studer noch im Köcher hatte.

Der Anwalt war sich unschlüssig, ob er Guggenbühler von den Nachforschungen erzählen sollte, die ein von Joseph Dreyfuß bezahlter Privatdetektiv in Berlin anstellte, bisher allerdings ohne Ergebnis. Andererseits hatte ihn der Untersuchungsrichter von seinen Vernehmungen bisher in einer Weise unterrichtet, wie das im Allgemeinen unüblich war, und dafür müsste er ihm eigentlich dankbar sein. »Ja«, gab er zu, » es läuft noch etwas in Berlin.«

»Wieso denn in Berlin?«

»Ich darf Sie daran erinnern«, sagte Studer, »dass Witos ausgesagt hat, sein Freund Berkowitsch sei wegen der Radiumgeschichte in Ostberlin verhaftet und von den Russen nach Sibirien verschleppt worden.«

»Das war die Sache, in der dieser Berkowitsch von einem Kaufmann ...«

»Perlmann.«

»... richtig, Perlmann, der hat ihn damals begleitet. Und nach dem lassen Sie suchen?«

»Ein Privatdetektiv macht das«, gab Studer zu. »Aber vielleicht finden sich auch noch andere Zeugen ... Wir müssen abwarten.«

Freddy Guggenbühler gab sich mit der Auskunft zufrieden, obwohl er bezweifelte, dass die Ermittlungen eines Privatmannes vor Gericht Bestand haben würden.
»Man kann diese Zeugen ja ebenfalls von der Berliner Polizei oder einem Untersuchungsrichter vernehmen lassen«, entgegnete Beat Studer.
»Vorausgesetzt, es finden sich welche – dann sollten Sie von Spörri verlangen, die Berliner um Amtshilfe zu bitten.«
Studer bezweifelte, dass sich der Staatsanwalt darauf einlassen würde. Wenn er nur daran dachte, wie er sich gesträubt hatte, Witos einen Besuch der Synagoge zu erlauben, dann konnte er sich vorstellen, wie Spörri auf einen solchen Antrag reagierte.
»Er muss dem zustimmen«, meinte Guggenbühler, »er ist dazu verpflichtet, und er weiß, dass alles zu berücksichtigen ist, was Ihren Mandanten entlastet.«
Beat Studer nickte und wollte gleich am Montag mit Spörri reden.
»Halten Sie mich auf dem Laufenden«, bat Guggenbühler. »Sollte der Staatsanwalt doch Schwierigkeiten machen, was ich nicht hoffe, werde ich mich einschalten.«
Lena meldete sich zu Wort: »Das tue ich jetzt auch, und nun Schluss mit dem Dienstlichen. Es gibt auch noch anderen Gesprächsstoff.«
Guggenbühler verneigte sich schmunzelnd und versicherte, ihr Wunsch sei ihm natürlich Befehl. Dann nahm er Lenas Arm und schlenderte mit ihr zu den anderen Gästen.
Es ging schon auf Mitternacht zu, als Lena sagte:
»Ich bin müde und möchte gehen. Kommst du mit, Beat?«
Sie verabschiedeten sich nur von dem Untersuchungs-

richter und von Joseph Dreyfuß, der sie bis zur Haustür brachte und noch einmal betonte, wie sehr er sich über ihr Kommen gefreut habe.
Studer bedauerte, dass er sein Gespräch mit Guggenbühler nicht hatte fortführen können, denn er wusste, wie wichtig es war, ihn auf seiner Seite zu haben. Doch bevor er weiter daran denken konnte, fragte Lena:
»Fahren wir zu dir oder mir?«

»Du setzt aber auch alle Hebel in Bewegung«, stichelte Spörri und schüttelte dabei den Kopf. »Glaubst du allen Ernstes, dass du deinem Witos mit Zeugen aus Berlin helfen kannst?«
»Erstens ist er nicht mein Witos«, stieß Studer ärgerlich hervor, »und zweitens musst du schon mir überlassen, was ich für richtig und angemessen halte.«
»Ist ja schon gut, sei doch nicht gleich beleidigt«, beschwichtigte der Staatsanwalt seinen Besucher, »versteh aber bitte, dass ich eine Entscheidung nicht allein treffen kann.«
Spörri wusste nur zu gut, dass Berichte eines Privatdetektivs allein vor Gericht wenig tauglich waren, und die von ihm ausgemachten Zeugen konnten nicht gezwungen werden, in Zürich zu erscheinen.
»Das ist doch reine Verzögerungstaktik, Urs«, sagte Studer. »Du weißt doch ebenso gut wie ich, dass ich vor dem Richter einen entsprechenden Antrag stellen kann.«
»Natürlich könntest du das. Aber wer garantiert dir, dass ihm stattgegeben wird? Ich bezweifle, dass unsere Richter großen Wert auf deine Berliner Zeugen legen.«
»Und was ist mit denen aus Paris?«, wollte Studer wissen. »Haben die mehr Gewicht?« Als er keine Antwort

erhielt, fuhr er fort: »Übrigens, du hättest die Aussagen aus Paris ruhig auch mir zuschicken können.«
Spörri wollte sich nicht auf eine Diskussion einlassen und hob die Hand: »Du hättest sie schon noch bekommen, ich konnte nur keine Kopie mehr anfertigen.«
Ob wahr oder nicht, Beat Studer musste es gelten lassen, und da die Fortsetzung ihres Gesprächs sinnlos war, wie er meinte, verließ er das Büro des Staatsanwalts.

Eigentlich hatte sich Beat Studer vorgenommen, mit Lena für ein paar Tage ins Tessin zu fahren. Der Fall Witos sollte einmal nicht mehr Gesprächsthema sein. In seiner Kanzlei am Talacker überraschte ihn jedoch Frau Mädler mit der Nachricht, dass Privatdetektiv Berger angerufen hatte.
»Soll das heißen ...?«
»Ja, Herr Studer. Ich habe den Flug für heute Nachmittag gebucht. Berger will Sie so schnell wie möglich sprechen. Er habe Zeugen gefunden, deren Aussagen äußerst wichtig wären. Die müsste sich der Anwalt schon selbst anhören.«
Studer war nicht gerade erbaut darüber, schon wieder nach Berlin fliegen zu müssen. Aber er war es Samek Witos schuldig, jeder Spur nachzugehen, die zu Entlastungsmaterial führte.
»Ich habe im Hotel Kempinski ein Zimmer reservieren lassen.«
»Vielen Dank, Frau Mädler. Benachrichtigen Sie am Nachmittag doch bitte Fräulein Lena, dann ist sie bestimmt erreichbar.«

Während er auf sein Gepäck wartete, fühlte er sich beobachtet und fixierte die am Ausgang stehenden Menschen. Er hatte vergessen, mit dem Detektiv ein Erkennungszeichen zu vereinbaren, und befürchtete schon, ihn nicht zu finden. Doch seine Sorge war unbegründet, denn als er das Gebäude verlassen wollte, sprach ihn ein schmaler, hoch aufgeschossener Mann an:

»Herr Studer?«

»Ja, das bin ich. Und Sie sind Herr Berger? Wie haben Sie mich erkannt?«

»Das ist meine Spürnase«, lächelte Fritz Berger und nahm Studer den Koffer ab. Sie schwiegen, bis das Taxi in der Fasanenstraße angekommen waren. Studer hatte zu dem Detektiv sofort Vertrauen, ohne zu wissen warum.

»Warten Sie doch in der Bar auf mich, ich gehe nur schnell auf mein Zimmer und erfrische mich.« Studer folgte dem Boy zum Lift und fuhr in den dritten Stock hinauf. Vom Fenster aus konnte man auf das Jüdische Gemeindehaus blicken, dessen Eingang von den Resten des ehemaligen Synagogenportals, das die Pogromnacht 1938 überstanden hatte, eingerahmt war. Nach knapp einer Viertelstunde war er wieder unten, gab den Schlüssel an der Rezeption ab und fand Fritz Berger in der hintersten Ecke der Hotelbar.

»Es freut mich sehr, dass ich Sie kennen lerne.« Der Detektiv winkte dem Barkeeper, doch Studer wollte nur einen Kaffee, für Alkohol war es ihm noch zu früh.

»Sind Sie zum ersten Mal in Berlin?«, wollte Berger wissen.

»Ich war nur einmal kurz hier und kenne die Stadt nicht.«

»Sie werden staunen, was Sie noch alles sehen werden, und sicher nicht darüber erbaut sein.« Berger starrte einen Moment lang nachdenklich vor sich hin. »Aber ich will nicht jammern, Herr Studer, wir sind ja schließlich selbst an allem Schuld.«

Beat Studer ging nicht darauf ein und wartete darauf, dass Berger endlich zur Sache kam.

»Ich habe unbeschreibliches Glück gehabt«, sagte der Detektiv nach einer Weile. »Sie haben oben sicher aus ihrem Zimmerfenster geschaut und auf der anderen Straßenseite das Haus der Jüdischen Gemeinde gesehen. Vor wenigen Tagen habe ich mir gedacht, schau doch mal dort rein, vielleicht erfährst du was. Und dann habe ich einen Mann angesprochen, ob er zufällig schon mal den Namen Casjan gehört hätte. Zuerst war er erschrocken und unfähig, mir zu antworten. Seine Lippen bebten. Dann wollte er wissen, ob ich diesen Casjan kenne. Nein, habe ich geantwortet, aber ich suche Leute, die irgendwann mit ihm in Berührung gekommen sind. Da wurde der Mann plötzlich bleich, packte mich am Arm und zog mich hinaus. Draußen an der frischen Luft ging es ihm bald wieder besser. ›Heißt dieser Casjan mit Vornamen zufällig Jerzy und kommt er aus Polen, aus Luzk?‹ Ich bejahte und fragte nach seinem Namen. Perlmann, Schlomo Perlmann, stellte er sich vor und er wurde wieder unruhig. ›Wie geht es Jerzy, wo ist er?‹ Da habe ich ihm erzählt, dass Jerzy Casjan in Wahrheit Samek Witos heißt und Janek Klay-mann erschossen hat. Da strahlte Perlmann übers ganze Gesicht, klatschte in die Hände und rief: ›Ist der Masser endlich tot!‹ Dann erfuhr ich die ganze Geschichte von den Schwarzmarktgeschäften, die Witos, Perlmann, Berkowitsch und Ribac gemeinsam gemacht hatten. Natürlich erzählte er auch von der Radiumsache, die ja wohl irgendwas mit diesem Klaymann und einem, der Professor genannt wurde, zu tun gehabt hat.«

Beat Studer hatte dem Detektiv aufmerksam und angespannt zugehört. »Das kann man wirklich Glück nennen«, sagte er und legte seine Hand, wie eine lobende Geste, auf Bergers Unterarm.
»Und jetzt habe ich noch eine ganz besondere Überraschung für Sie, Herr Studer.« Der Detektiv tat geheimnisvoll. »Sie werden morgen nach Ostberlin fahren, zusammen mit Perlmann und mir natürlich.«
Beat Studer sagte nichts und schaute Fritz Berger nur fragend an.
»Nein, ich weiß auch noch nicht, was uns da erwartet«, fuhr der Detektiv fort, »Perlmann versprach, uns mit jemandem zusammenzubringen, der ein wichtiger Zeuge sein würde.«

Beat Studer ging den Kurfürstendamm in Richtung Gedächtniskirche hinunter, betrat das Café Kranzler, stieg zum ersten Stock hinauf und fand noch einen freien Platz auf der Terrasse. Von hier aus konnte er gut den dichten Autoverkehr und die unübersehbare Menschenmenge, die sich auf beiden Bürgersteigen an den erleuchteten Schaufenstern vorbeischob, beobachten. Es war ein Bild tiefsten Friedens, und nichts deutete mehr darauf hin, dass hier vor einem Jahrzehnt Bomben gefallen waren und die Stadt von der Roten Armee mit Artilleriefeuer belegt worden war. Es war ein ganz normales Leben an einem warmen Sommerabend, den Jung und Alt dort unten genossen, und Beat Studers Gedanken gingen vom Ku'damm zur Züricher Bahnhofstraße, die zu solcher Stunde dagegen wir ausgestorben wirkte.
Welche Ernüchterung tags darauf, als Fritz Berger ihn im Hotel abholte und sie gemeinsam mit Schlomo Perlmann

in dessen altem DKW nach Ostberlin fuhren. Krasser und schockierender war der Unterschied kaum vorstellbar: Fassaden mit abgeblättertem Verputz, gähnende Leere hinter den Schaufenstern, ärmlich gekleidete Männer und Frauen, die lustlos über die Gehwege schlurften oder in Schlangen vor den Läden standen. Nirgendwo ein Lächeln, nur dann und wann ein paar fröhliche Kinder, die herumtollten und wohl kaum die Not empfanden, die hier so offensichtlich und fast greifbar war.
Erich Faust entschuldigte sich dafür, dass er seine Besucher in keiner besseren Umgebung empfangen konnte, mehr als die enge Wohnküche und ein kleines Schlafzimmer hatte er nicht zur Verfügung, und er müsse sich eben mit diesem »Loch« begnügen.
»Das ist mein Freund Erich Faust«, sagte Perlmann. »Er hat Stanislar Berkowitsch gekannt, zwar nicht persönlich, aber vom Sehen.«
»Entschuldigung, was bedeutet vom Sehen?«, wollte Studer wissen.
»Nun erzähl schon, Erich«, ermunterte Schlomo Perlmann seinen Freund.
»Viel gibt es da nicht zu erzählen, meine Herren.« Faust machte nicht den Eindruck, als sei er besonders mitteilsam. »Ich war hier von den Sowjets eingesperrt, angeblich sollte ich Spionage getrieben haben«, lachte Faust verächtlich. »War natürlich reiner Blödsinn und sie haben mich dann auch nach einigen Wochen, kurz vor Weihnachten 1948, wieder laufen lassen.«
»Und was hat das mit Witos zu tun?«, erkundigte sich Berger.
»Wenn Sie wissen, wie das im Gefängnis so ist«, erklärte Faust ein wenig ungehalten, »dann wissen Sie auch, dass

man schnell erfährt, warum ein anderer verhaftet wurde. Das war auch bei diesem Berkowitsch so. Ein Mithäftling hat erzählt, dass da einer sitzt, weil er die Russen bei irgendeinem Geschäft betrogen hat, und bei einem Hofgang er ihn mir gezeigt.«

Faust stand auf, ging zum Küchenherd und goss aus einem Topf Kaffee in einen Emaillebecher.

»Leider kann ich Ihnen nichts anbieten«, entschuldigte er sich, während er sich wieder setzte. »Nun war es so, dass die Sowjets an bestimmten Tagen die mit Lastwagen in den Hof fuhren und Häftlinge aufluden. Natürlich wussten wir, was das zu bedeuten hatte, wohin die Reise ging, dass niemand wiederkam.«

»Und wohin ging sie?«, fragte Beat Studer.

»Wohin schon, verehrter Herr, nach Sibirien. Wohin denn sonst?«

»Und da haben Sie ...«, Fritz Berger kam nicht weiter.

»Ja, da habe ich gesehen, wie Berkowitsch und ein Dutzend andere Häftlinge mit verladen wurden. An das Datum kann ich mich heute natürlich nicht mehr erinnern.«

»Wie konnten Sie das beobachten?« Studer schaute auf die schwielige Hand, die den Emaillebecher umfasste.

»Von meinem Zellenfenster aus, das ging zum Hof.«

»Herr Faust, würden Sie das vor einem Untersuchungsrichter wiederholen?« Es klang fast bittend, als befürchtete Studer, dass der Zeuge ablehnen könnte.

Es kam keine Antwort, nur das Atmen der vier Männer und ein gelegentliches Knacken der sich abkühlenden Herdplatte waren zu hören.

»Nun sag schon was«, drängte Schlomo Perlmann, »es ist sehr wichtig, dass der Herr Rechtsanwalt deine Aussage bekommt.«

Erich Faust schaute Studer an: »Wichtig für wen?«
»Für Casjan. Er steht unter Mordanklage, und ich brauche Ihre Angaben für die Verteidigung. Ich bin sein Anwalt.«
»Das heißt also, ich muss mit Ihnen nach Westberlin?«
»Richtig«, antwortete Studer.
Wieder blieb Faust eine Weile stumm. Man sah ihm an, dass er nicht gerade begeistert war. Sollte er sich der Gefahr aussetzen, mit Fremden – einer von ihnen auch noch ein Schweizer – gesehen gesehen zu werden? Er wusste, dass der Staatssicherheitsdienst Leute, die nicht als regimetreu galten, überwachen ließ. Und da man ihn schon einmal der Spionage verdächtigt hatte, gehörte er bestimmt auch dazu.
»Sei nicht albern«, meinte Perlmann zu Fausts Bedenken. »Du glaubst doch nicht etwa, dass die Stasi nach so vielen Jahren noch immer rund um die Uhr hinter dir her ist?«
»Das geht nicht«, sagte Faust schließlich, »nein, das geht nicht, ich kann nicht nach Westberlin fahren.«
»Herr Faust«, versuchte Beat Studer den Mann mit den schwieligen Händen zu beruhigen. »Wir werden uns nicht mit Ihnen zusammen sehen lassen. Da können Sie ganz sicher sein.«
»Und im Gerichtsgebäude?«, wandte Faust ein.
»Da setzt du eben eine Sonnenbrille und einen Hut auf, wie im Krimi«, zog Perlmann das Ganze ins Lächerliche.
Was sind das für Zustände?, dachte Beat Studer. Was ist das für eine Stadt, in der die Menschen Angst hatten, vom Osten in den Westen zu fahren? Wobei es doch gar keine Grenze gab, an der man kontrolliert worden wäre, wie er es selbst erfahren hatte. Wurde da nicht manches

übertrieben? War da nicht vielmehr Propaganda im Spiel, wie er sie selbst am Vorabend vom RIAS, dem Rundfunk im amerikanischen Sektor, gehört hatte? Er wusste es nicht. Es war Beat Studer vollauf bewusst, wie wichtig die Aussage dieses Zeugen für Samek Witos war, der bei keiner Vernehmung im Züricher Untersuchungsgefängnis auch nur einen Deut von seinen Schilderungen abgewichen war, wenn er von der Verschleppung seines Freundes Stanislaw Berkowitsch berichtet hatte. Und Erich Faust könnte diese Deportation bezeugen. Wodurch könnte er Erich Faust doch noch bewegen, mit nach Westberlin zu kommen? Da griff er zu jenem stummen Argument, das in den meisten Fällen wirkungsvoll war: Beat Studer entnahm seiner Brieftasche einen 100-Franken-Schein und legte ihn auf den Küchentisch.

Erich Faust starrte stumm auf das Geld. Schließlich stand er auf und wanderte in seinem kleinen Wohnzimmer auf und ab. Dann trat er an den Tisch, nahm den Schein und sagte »Also gut, Sie haben mich überzeugt. Aber ich möchte Sie bitten, mich allein mit der S-Bahn nach drüben fahren zu lassen.«

»Ich werde im Gerichtsgebäude auf dich warten«, versprach Schlomo Perlmann.

»Und er wird Ihnen das Büro des Untersuchungsrichters zeigen« fügte der Detektiv hinzu.

Während Fritz Berger vor dem Gerichtsgebäude wartete, saß Beat Studer vor dem Untersuchungsrichter, der sich offensichtlich über den Besuch aus der Schweiz freute. Natürlich werde er die Aussagen der beiden Zeugen Perlmann und Faust sofort zu Protokoll nehmen, und es sei ihm eine Ehre, seinem Herrn Kollegen Spörri in Zürich, und natürlich auch Beat Studer, behilflich sein zu können.

»Ich kenne den Fall«, sagte der Richter, »ich bin ein eifriger Leser der ›Neuen Zürcher Zeitung‹. Sie sind als Verteidiger nicht zu beneiden. Glauben Sie, dass Ihnen Fausts und Perlmanns Aussagen etwas nützen?«

»Ich weiß es nicht«, antwortete Studer, »aber ich will nichts unversucht lassen, um ein möglichst mildes Urteil für Witos zu erreichen.

»Da wünsche ich Ihnen viel Glück«, lächelte der Richter, und es war aufrichtig gemeint.

»Wann, glauben Sie ...«

Es würde sicher nicht allzu lange dauern und er empfehle dem Herrn Anwalt, in der Zwischenzeit in der Kantine etwas zu trinken. Er käme dann mit den beglaubigten Zeugenaussagen zu ihm hinunter.

Seit dem Abend bei Bankier Dreyfuß war das Verhältnis zwischen Lena und Beat Studer wieder enger, vertrauter geworden. Sie verbrachten wie früher die Wochenenden miteinander und gingen ins Theater oder in ein Konzert. Hatte Lena früher nur wenig Interesse an Beats Prozessen gezeigt, war das mit dem Fall Witos anders geworden. Sie wollte immer wieder Einzelheiten wissen und hörte aufmerksam zu, wenn Studer von seiner Begegnung mit Herrn Stcherbinine erzählte. Lena war von Anfang an skeptisch gewesen, dass der amerikanische Geheimdienstoffzier von den Sowjets Auskunft zum Verschwinden Berkowitschs erhalten würde. Das sagt mir mein Gefühl, hatte sie geantwortet, als Studer den Grund für ihre Bedenken hatte erfahren wollen. Ihnen konnte er nichts entgegensetzen, und mit der Zeit waren auch ihm

Zweifel gekommen, dass seine Berlin-Reise überhaupt einen Sinn gehabt hatte. Da weder Stcherbinine noch Daniel Goldberg vor Gericht erscheinen konnten, würde er das Ergebnis der Nachforschungen des Oberstleutnants, wenn er denn überhaupt eins erhielt, selbst vortragen müssen. Das wären keine Beweise, die ein Richter ernst nehmen würde; damit könne er sich nur lächerlich machen, hatte Lena gesagt, und eigentlich musste er ihr Recht geben. Außerdem wunderte sich Studer, dass er von Goldberg noch nichts gehört hatte, lag das Gespräch mit Stcherbinine doch bereits Wochen zurück. Aber er wollte den Presseattaché nicht anrufen, um sich nach dem Bericht zu erkundigen.

Lena war seit Beginn ihrer Verbindung nur ganz selten in der Kanzlei am Talacker gewesen. Umso erstaunter war Studer, als sie ihn am späten Nachmittag aufsuchte.

»Was verschafft mir die seltene Ehre?«, lächelte er, wurde aber sofort wieder ernst, als er Lenas Gesichtsausdruck sah. »Ist etwas passiert?«

Wortlos nahm Lena in einem der Besuchersessel Platz, schlug das Heft einer in Hamburg erscheinenden Illustrierten auf und gab es Studer. »Da, lies, du wirst staunen.«

Beat setzte sich ihr gegenüber und schüttelte immer öfter den Kopf über das, was da berichtet wurde:

Prinz Ferdinand zu Schoenaich-Corolath, Sohn der zweiten Frau des letzten deutschen Kaisers, hatte 1947 auf dem Schwarzen Markt versucht, ein kostbares Brillanthalsband seiner Mutter zu verkaufen und war dabei in unliebsame Berührung mit der amerikanischen Kriminalpolizei geraten. Da griff Stcherbinine in die Halsbandgeschichte ein, wollte dem Prinzen helfen und brachte

ihn in seiner Zehlendorfer Villa unter, um ihn vor angeblichen Nachstellungen des sowjetischen Geheimdienstes zu schützen. Danach entwickelte er den abenteuerlichen Plan, die von den Russen in Frankfurt an der Oder festgehaltene Kaiserwitwe zu befreien. Prinzessin Hermine lehnte jedoch ab, ließ aber durch eine Vertraute ihren gesamten Schmuck in einem alten Koffer nach Berlin bringen. In der Malvenstraße wurde er in Verwahrung genommen, wo auf rätselhafte Weise die Millionenwerte verschwanden. Prinz Ferdinand wurde bezichtigt, die Juwelen gestohlen zu haben. Klatsch und Gerüchte rankten sich in Berlin um diese Affäre, mit der man nun auch Stcherbinine in Verbindung brachte, und amerikanische Dienststellen sahen sich deshalb gezwungen, ihn zu vernehmen. Kühl verneinte er die Frage, ob er glaube, der Schmuck sei aus seinem Hause gestohlen worden. Daraufhin meldete die »New York Herald Tribune« am 10. August 1947: »Der amerikanische Verbindungsoffizier Stcherbinine steht außer jedem Verdacht, irgendwie in den Schmuckdiebstahl verwickelt zu sein.«
Man hatte ihn schonend behandelt, aber in den Offiziersclubs wurde getuschelt, er würde nur deshalb gehalten, weil ein plötzlicher Abgang das Ansehen der Besatzungsmacht gefährdet hätte. Aber im Laufe der Zeit waren seinen Vorgesetzten Zweifel gekommen, ob der faszinierende Mann, der schon immer eine Vorliebe für dunkelblaue Anzüge und blütenweiße Hemden, die seinen bräunlichen Teint betonten, nicht doch zwei Herren zu Diensten gewesen war. Möglicherweise hatten die Sowjets durch ihn Informationen erhalten, die ihm bei seinen Besuchen in Ostberlin, wenn auch unfreiwillig, herausgerutscht waren. Während seiner Tätigkeit besaß er nicht nur Freun-

de, aber immerhin hatte er dafür gesorgt, dass viele Flüchtlinge unbeschadet in den Westen gelangen konnten. Trotzdem wurde behauptet, hinter einer charmanten Maske wäre das Böse verborgen gewesen, und so sollten, gerade aus der Malvenstraße 1 in Berlin-Zehlendorf, Menschen, die von ihm Hilfe erhofften, in den Machtbereich der Sowjets verschleppt und in Arbeitslager eingeliefert worden sein.

Seine Verpflichtung als Verbindungsoffizier wurde, obwohl vorher zugesagt, nicht verlängert, und so verließ er Hals über Kopf Berlin.

Beat Studer ließ die Illustrierte sinken, blickte Lena ratlos an und schüttelte den Kopf. So kann man sich in einem Menschen täuschen, dachte er, sagte aber nichts.

»Damit kannst du Nachrichten über Stanislaw Berkowitsch vergessen«, meinte Lena. Sie stand auf und legte Studer tröstend die Hand auf die Schulter.

XII.

Urs Spörri hatte der Überzeugungskunst Moy Grünbaums nur kurze Zeit widerstehen können, dann willigte er ein, dass der Zaddik den Untersuchungshäftling Samek Witos jederzeit besuchen durfte. Wie er nach einiger Zeit vom Gefängnisdirektor erfuhr, war Witos nach Grünbaums Visiten für einige Stunden wie ausgewechselt: er war ansprechbar, lachte sogar manchmal und schien auch die Schmerzen in seinem rechten Arm vergessen zu haben. Wenn Spörri auch nicht wissen konnte, worüber die beiden miteinander sprachen, stimmte es ihn doch nachdenklich, was ihm da berichtet wurde. Besaß der Zaddik, der Fromme, etwa geheime Kräfte, die Witos' Veränderungen hervorriefen? Der Staatsanwalt schüttelte den Kopf, er glaubte nicht an Wunder; aber vielleicht zeigten die Gebete, die Grünbaum und Witos in der Zelle murmelten, eine unbegreifliche Wirkung. Aber wie dem auch war, als ein nüchtern denkender Jurist konnte er sich nicht mit solchen Mutmaßungen abgeben, vielmehr musste er alles daransetzen, dass der Prozess endlich beginnen konnte. Fast anderthalb Jahre waren vergangen, seitdem Witos sich freiwillig gestellt hatte, und Spörri wollte den Fall hinter sich bringen. Noch immer war der Häftling nicht in der Synagoge gewesen, und Spörri hatte sich Guggenbühlers Meinung anschließen müssen, dass man Witos in seinem derzeitigen Zustand unmöglich in die Öffentlichkeit lassen konnte, selbst wenn man ihn unbemerkt zur Synagoge brachte. Aber in ihrem Innern ließ sich der jämmerliche Anblick nicht verbergen. Und niemand konnte vorhersagen, welche Wirkung dabei hervorgerufen würde.

Vielleicht sollte ich mit Grünbaum sprechen, überlegte der Staatsanwalt, vielleicht könnte der Zaddik Witos davon abbringen, nur an einem Freitag oder Samstag in der Synagoge beten zu wollen? Denkbar wäre auch, nochmals den Rabbiner anzusprechen, um ihn zu bewegen, Witos in seiner Zelle aufzusuchen und mit ihm zu reden. Unter Umständen hätte das einen noch größeren Effekt als die unzweifelhaft wirkungsvolle Betreuung durch Grünbaum. Und wenn der Züricher Rabbiner ablehnte, warum sollte man dann nicht versuchen, einen in Bern, Basel oder Genf zu finden, der keine so strenge Einstellung gegenüber einem Mörder hatte? Wie auch immer, es musste etwas geschehen, denn wenn die Ärzte nichts tun konnten, war religiöser Zuspruch vielleicht wirklich die einzige Hoffnung. Wenn Witos' Leiden eine rein psychosomatische Angelegenheit war, hervorgerufen durch seelische Einflüsse, die sich auf den Körper auswirkten, könnte dann ein eindringliches Gespräch des Rabbiners mit dem Häftling nicht ebenso dessen Seele beeinflussen?

Spörri wollte gerade zum Telefonhörer greifen und das Rabbinat anrufen, als der Apparat läutete und der Oberstaatsanwalt ihn zu einer dringenden Besprechung bat.

»Meine Herren, in der Sache Witos muss endlich etwas getan werden«, begann der Vorgesetzte und blickte von Urs Spörri zu Freddy Guggenbühler. »Ich habe gestern von einem bekannten Redakteur erfahren, dass sich manche Journalisten allmählich zu fragen beginnen, weshalb

der Prozess noch nicht anberaumt worden ist. Damit muss es ein Ende haben. Sie haben Ihre Ermittlungen doch sicher abgeschlossen, Herr Kollege Guggenbühler?«
»Ja, natürlich«, versicherte der Untersuchungsrichter, und Spörri nickte. »Der Gesundheitszustand des Angeklagten ist jedoch derart desolat, dass ...«
»... Witos verhandlungsunfähig ist«, unterbrach ihn der Oberstaatsanwalt.
»Richtig«, fuhr Guggenbühler fort, »der Gefängnisarzt und Professor Büsser werden Ihnen das bestätigen.«
»Nicht notwendig«, wehrte Spörris Vorgesetzter ab. »Ich verlasse mich da ganz auf Sie, meine Herren. Aber es muss doch irgendeine Möglichkeit geben, Witos zu kurieren.«
Staatsanwalt Spörri berichtete, was schon alles unternommen worden war – von der erfolglosen Therapie, von der Unwirksamkeit der verschiedensten Medikamente – kam dann aber auch auf den Zaddik zu sprechen, der Samek Witos anscheinend dazu überredet hatte, an einem Schabbat die Synagoge aufzusuchen.
»Aber das ist doch absolut ...«
»Ich weiß, was Sie sagen wollen«, fiel Spörri dem Oberstaatsanwalt ins Wort. »Anfangs habe ich auch nichts davon gehalten, aber nach reiflicher Überlegung muss ich sagen, dass es den Versuch wert ist.«
»Das finde ich auch«, schloss sich Guggenbühler an. »Witos ist ein äußerst empfindsamer und gläubiger Mensch, diesen Eindruck habe ich während der Vernehmungen gewonnen, und ich kann mir vorstellen, dass ein Synagogenbesuch, wie auch immer, heilsam wirkt.«
»Schön«, sagte der Oberstaatsanwalt noch kurzem Überlegen. »Lassen Sie ihn also in die Synagoge gehen, mei-

nen Segen haben Sie. Was aber, wenn es nichts bringt?«
»Dann müssen wir die Verhandlung eben auch so beginnen, ohne Rücksicht auf Witos' Befinden«, antwortete Urs Spörri.
»Moment mal«, unterbrach ihn Guggenbühler, »so einfach geht es wohl doch nicht.«
»Wollen Sie den Prozess etwa auf den Sankt-Nimmerleins-Tag verschieben, Herr Kollege?«
»Meine Herren«, mischte sich der Oberstaatsanwalt ein, »lassen Sie uns doch nicht streiten. Die Entscheidung liegt sowieso nicht bei uns.«

Beat Studer hatte noch mit Lena telefoniert und bedauert, dass sie sich abends nicht treffen konnten, denn er musste noch einmal alle Punkte durchgehen, die für Samek Witos' Verteidigung wichtig waren. Achtzehn Monate waren seit dem Mord in der Freiestraße vergangen, und in diesem langen Zeitraum hatte er schließlich noch andere Mandanten zu betreuen gehabt und sich nicht ständig mit der Tat vom Gründonnerstag 1954 beschäftigen können. Nicht, dass sein Interesse an dem Fall inzwischen erlahmt wäre, ganz bestimmt nicht. Dazu hatte er sich von Anfang an viel zu sehr verpflichtet gefühlt, Samek Witos mit allen ihm zur Verfügung stehenden Mitteln zu helfen. Aber in den letzten zwei, drei Monaten, da er seinen Klienten kaum noch gesehen hatte, hatte er dann nicht mehr alles im Kopf, was er an entlastenden Argumenten vorbringen wollte.
Die Verhandlung war für den 13. Oktober 1955 angesetzt und zwar, wie er gehofft hatte, vor dem Züricher Obergericht, von dem er sich ein milderes Urteil versprach, als es bei Beteiligung von Geschworenen zu er-

warten gewesen wäre. Er kannte den vorsitzenden Richter gut und hoffte, der würde sich von der Anklage des Staatsanwalts nicht allzu sehr beeindrucken lassen, denn Spörri, da war sich Studer sicher, würde alle Register ziehen, um das Höchstmaß einer Haftstrafe zu erreichen. Ich muss, sagte er sich, das Gericht unter allen Umständen davon überzeugen, dass es sich beim Fall Witos um kein gewöhnliches Morddelikt handelt, dass keine niedrigen Beweggründe im Spiel gewesen sind, sondern dass da ein junger Mensch aus innerster Überzeugung, die sich in seinem Glauben begründet, gehandelt hat – und das alles vor dem Hintergrund der grauenhaften Ereignisse während des Krieges in Polen. Das durfte und konnte vor Gericht nicht ohne Eindruck bleiben.

»Natürlich werde ich alles gestehen!«, hatte Samek Witos am Nachmittag versprochen, als er ihn zum letzten Mal in der Zelle aufsuchte, »und ich weiß auch, dass ich verurteilt werde.« Das könnte sich strafmildernd auswirken, hatte Beat Studer in Aussicht gestellt, und eigentlich war er fest davon überzeugt, dass sich die Richter für ein so geringes Urteil wie möglich entscheiden würden, da Samek Witos' schweres Schicksal nicht unberücksichtigt bleiben dürfe.

Nachdem der Anwalt Samek Witos für den kommenden Tag noch Mut gemacht hatte, kehrte er in seine Kanzlei im Talacker zurück.

XIII.

Der Gerichtssaal war bis auf den letzten Platz besetzt. Von der Jüdischen Gemeinde hatte sich kein offizieller Vertreter eingefunden. Beat Studer stand mit Richter Guggenbühler auf dem Gang und wartete auf den Verhandlungsbeginn.

Urs Spörri kam zu ihnen, begrüßte sie, und mit einem ironischen Unterton wandte er sich an Studer: »Ich glaube, du wirst heute noch eine wirkliche Überraschung erleben.«

Studer ging nicht darauf ein und auch Guggenbühler schien die Anspielung überhört zu haben. Sie kannten Spörri zu gut und trauten ihm jedes Mittel zu, das er anwenden würde, um als Ankläger Pluspunkte zu sammeln. Durch die geöffnete Tür zum Gerichtssaal sah Studer, dass Samek Witos hereingeführt wurde. Er nickte dem Untersuchungsrichter kurz zu, drehte sich um und ging zu seinem Mandanten.

Nachdem Staatsanwalt Spörri die Anklageschrift verlesen hatte, wurde Samek Witos aufgefordert, vor den Richtertisch zu treten. Anders als vor seinem Synagogenbesuch machte er einen körperlich zufrieden stellenden Eindruck, wenngleich noch nicht alle Spuren der Schmerzen aus seinem Gesicht verschwunden waren. Mit ruhiger und bis in den hintersten Winkel des Gerichtssaals gut hörbarer Stimme beantwortete er die Fragen zu seiner Person und schilderte dann, wie sein Leben vom Weggang aus Luzk bis zu seinem Eintreffen in Zürich verlaufen war. Erst als er davon sprach, wie er vor den drei Massengräbern gestanden hatte, in denen die 18000 ermordeten Juden aus seiner Heimatstadt, darunter seine Eltern, verscharrt worden waren, da füllten sich seine Augen mit Tränen und seine Stimme klang belegt. Im Gerichtssaal war kaum ein Laut zu hören, und die Leute im Saal hielten den Atem an, als sie von den unglaublichen Verbrechen erfuhren, die an den Juden in Polen begangen worden waren. Das aus dem Munde eines Betroffenen zu hören, blieb nicht ohne nachhaltigen Eindruck.

Nur ganz selten wurde Samek Witos vom Richter oder Staatsanwalt unterbrochen, und nachdem er den Tathergang in der Freiestraße wie schon bei seiner ersten Vernehmung im Untersuchungsgefängnis beschrieben hatte, durfte er wieder auf der Anklagebank Platz nehmen. Dann wurde der Zeuge Erich Meyer aufgerufen.

Detektivwachtmeister Erich Meyer erinnerte sich ganz genau an den Gründonnerstag des vergangenen Jahres, als um die Mittagszeit ein Mann Anfang Dreißig in der Polizei-Hauptwache erschien, eine Pistole vom Kaliber 7,65 Millimeter auf den Tresen vor den Schreibtischen legte und behauptete, soeben in der Freiestraße »um der Gerechtigkeit willen« den Janek Klaymann erschossen zu haben. Dort werde man die Leiche hinter dem Lenkrad eines Cadillac finden. Das alles war ihm noch deshalb so gut im Gedächtnis, weil der angebliche Mörder namens Jerzy Casjan seine Angaben gegenüber einem Kollegen machte, der jedoch den Tatort aufsuchen wollte. Deshalb hatte er ihm alles Weitere übertragen.

Vor wenigen Tagen hatte nun der Dienststellenleiter vor seinem Schreibtisch gestanden und ihm eröffnet, dass er Jerzy Casjan, der in Wirklichkeit Samek Witos heiße, am Freitagabend als Bewacher in die hiesige Synagoge begleiten solle.
Mehr als fünfzehn Jahre lang gehörte Erich Meyer schon dem Polizei- und Justizdienst an, war aus dem Außendienst als junger Straßenpolizist zum Detektivgefreiten im Innendienst aufgestiegen und hatte es schließlich zum Detektivwachtmeister gebracht. In dieser ganzen Zeit hatte er es immer mit Leuten zu tun gehabt, die mit dem Gesetz in Konflikt geraten waren, die aber, welche Schuld auch immer sie auf sich geladen hatten, doch Menschen aus seiner eigenen, vertrauten Welt gewesen waren. Er gehörte der Kirche an, war getauft, hatte sich kirchlich trauen und später auch seine Kinder taufen lassen. Natürlich wusste er, dass es in seiner Vaterstadt viele Juden gab, und auch an der Synagoge war er gelegentlich vorbeigegangen.
»Kommen Sie zur Sache, Herr Meyer«, ermahnte der Vorsitzende Richter Erich Meyer.
Mit dem Betreten der Synagoge, berichtete der Detektivwachtmeister, sei er in eine Welt gekommen, in der es ihm den Atem verschlagen habe. Der Anblick einer so großen Schar stehender Männer mit Hüten auf den Köpfen und lose umgehängten Mänteln, der feierliche – halb traurig wehklagende, halb inbrünstige – Gesang, die ihm unverständlichen Riten und Lesungen ... das alles sei ihm, er wisse es nicht anders zu sagen, unbegreiflich gewesen.
»Es war eine andere Welt«, sagte Erich Meyer, »und doch auch so etwas wie meine eigene.«
»Erklären Sie das bitte näher«, unterbrach der Ankläger.

Wenn er an seine ferne Schulzeit, an Moses, Jeremias, die Propheten und Psalmen aus den Religionsstunden denke, versuchte Meyer darzulegen, dann habe es ihn eben an eine Welt erinnert, die später im Leben immer zu kurz gekommen sei, die es aber immer gegeben habe, mochte man sie beachten oder nicht.

»Glauben Sie mir, Hohes Gericht«, er stockte kurz und blickte zu Samek Witos, der ihm aufmerksam zuhörte, »es war für mich ein völlig umstürzendes Erlebnis, das ich nie wieder vergessen kann und auch nicht will, denn ich möchte in meinem reformierten Glauben kein Lügner sein. Seit diesem Abend in der Synagoge betrachte ich alles ganz, ganz anders.«

»Ihre religiösen Gefühle stehen hier nicht zur Debatte«, wies ihn der Richter zurecht, »erzählen Sie dem Gericht, was während des Gottesdienstes geschah.«

Er habe keine Mühe gehabt, sagte der Detektivwachtmeister, auf Samek Witos aufzupassen, und in der Nähe des Eingangs gestanden, von wo aus er alles beobachten konnte. Erst später, als der lange Gottesdienst zu Ende gewesen sei, habe er gesehen, wie Samek Witos sich dem Rabbiner näherte, da sei er in Befolgung seiner Amtsanweisungen selbstverständlich in der Nähe gewesen.

»Der Rabbiner hat Witos' kranken Arm gesegnet und ›besprochen‹, so etwas muss es gewesen sein.« Erich Meyer holte tief Luft, als müsste er für seine nun folgenden Worte Kraft sammeln. »Ich konnte mir die Handlung, bei der nur Hebräisch gesprochen wurde, nicht erklären. Dann hat der Rabbiner Witos entlassen. Er kam zu mir und in seinen Augen war ein seltsames Funkeln. Kaum waren wir draußen und auf dem Rückweg zum Untersuchungsgefängnis, da hat er, so unglaublich das klingen

mag, seinen rechten Arm wie ein Gesunder bewegen und mit allen Fingern der Rechten greifen können. Hohes Gericht, es war ein Wunder geschehen.«
Nachdem Detektivwachtmeister Erich Meyer seine Aussage beendet hatte, herrschte zunächst eine ganze Weile lang Schweigen, und allen Anwesenden war ihre Nachdenklichkeit anzusehen.
»Danke, Sie können sich setzen, Herr Meyer.« Dem Vorsitzenden war anzumerken, dass er über das Gehörte einigermaßen verwundert war. Er beugte sich zu seinen Beisitzern und tuschelte mit ihnen, bevor er den Zeugen Professor Büsser aufrufen ließ.
»Man kann von einem Wunder sprechen«, begann Büsser, »wenn das aus meinem Munde auch merkwürdig klingen mag. Aber ich möchte keine Wortklauberei betreiben, jedoch ist es nun einmal Tatsache. Auch der Herr Gefängnisarzt wird bestätigen, dass der Angeklagte seit dem Besuch in der Synagoge Arm und Finger wieder schmerzfrei bewegen kann.«
»Könnte es sein, dass Witos vorher nur simuliert hat?«, unterbrach einer der Beisitzer den Professor.
Samek Witos wollte protestierend aufspringen, doch Beat Studer konnte ihn gerade noch zurückhalten.
»Lassen Sie sich vom Herrn Vorsitzenden«, antwortete Büsser süffisant, »mein Gutachten zeigen, das während Witos' Aufenthalt in der Heilanstalt von mir erstellt wurde.«
»Wenn Sie gestatten, Herr Gutachter«, griff der Richter ein, »mich interessiert, worauf Sie die offensichtliche Genesung des Angeklagten zurückführen.«
»Das Wunder«, legte Büsser dar, »gab dem Gefangenen die Kraft der ›Gerechtigkeit‹ vor Gott, auf die es einem

gläubigen Menschen, wie Witos zweifellos einer ist, so sehr ankommt. Diese ›Gerechtigkeit‹ ist seine Lebenskraft, wenn sich das so sagen lässt, zumindest seit jenem Schabbat, als er in der Synagoge war. Natürlich hat es Rückfälle und Krisen gegeben und wir befürchteten schon, dass Witos abermals zusammenbrechen und sich das alte Leiden wieder bemerkbar machen würde. Aber es war nicht mit dem zu vergleichen, was wir vorher erleben mussten. Die ärztlichen Beobachtungen in den letzten Wochen haben im Bereich der psychosomatischen Medizin den wohl erstmaligen, vielleicht sogar einmaligen Tatbestand bestätigt, dass das Gefühl der Schuld, mit dem der Angeklagte dauernd kämpfte, an sein Bewusstsein gebunden war.«

»Wenn ich Sie unterbrechen darf, Herr Sachverständiger«, sagte der zweite Beisitzer, »wie darf ich das verstehen: Das Gefühl der Schuld war an das Bewusstsein gebunden?«

»Beschwerden können durch psychosomatische Reaktionen ausgelöst werden. Man begegnet diesem Phänomen vor allem in geschlossenen Gruppen wie Schulklassen, Klöstern oder Wohngemeinschaften, wenn psychische Belastungen höher als gewöhnlich sind. Und eine Gefängniszelle ist mit einer geschlossenen Gruppe durchaus zu vergleichen.«

Professor Büsser machte eine kurze Pause, nahm ein Schriftstück aus einem Aktenordner, ging nach vorn und legte es dem Richter auf den Tisch.

»Hier habe ich festgehalten, wie ich es mir gestern noch einmal eingehend durch den Kopf habe gehen lassen. Und dies geschah nicht nur aus rein medizinischer Sicht. Der Gefängnisarzt und ich haben bei vielen nächtlichen Kon-

trollen, wenn Witos schlief, also nicht bei Bewusstsein war, gesehen, dass er im Schlaf bei allen Bewegungen seinen Arm und die Finger der rechten Hand ohne jede Hemmung, Störung oder Schmerzempfindung frei bewegte. Was heißt das? Lassen Sie es mich so erklären: Der nur in Witos' Bewusstsein gegenwärtige Gott und sein Richtertum ließen den schlafend Unbewussten in Frieden und Gerechtigkeit bestehen. Der Schatten Klaymanns, den er getötet hatte und mit dem er als Gelähmter Tag und Nacht die Zelle teilen musste, war gebannt.«
»Vielen Dank, Herr Sachverständiger. Ich unterbreche die Verhandlung für eine halbe Stunde.«

»Du bist hier?«, staunte Beat Studer, als er Lena auf dem Flur sah.
»Aber sicher«, lächelte sie, »schließlich hat dich der Fall Witos ja weit über ein Jahr so beansprucht, dass du mich vernachlässigt hast.«
Freddy Guggenbühler gesellte sich zu ihnen, und der Untersuchungsrichter lobte Professor Büssers anschaulichen Vortrag. Aber er war skeptisch, dass sich der Richter und die Beisitzer davon würden beeinflussen lassen.
»Aber Witos ist doch kein gewöhnlicher Mörder«, meinte Lena, »Klaymann hätte sich ja einem Din Thora stellen können, dann wäre das alles nicht passiert.«
Während die drei beieinander standen, sah man Urs Spörri abseits in einer Fensternische, wo er sich mit einem älteren Mann unterhielt, den Beat Studer schon während der Aussage des Detektivs Meyer unter den Zuhörern ausgemacht hatte.
»Und jetzt kommt dein Auftritt, mein Lieber, sagte Lena und streichelte Studers Wange. »Alles Gute.«

Der Staatsanwalt trug seinen Strafantrag, so jedenfalls erschien es Beat Studer, in ungewöhnlicher Schärfe vor und ging mit kaum einem Wort auf Samek Witos' leidvolle Vergangenheit ein. Er hatte sich vorgenommen, einzig die Unglaubwürdigkeit des Angeklagten in den Mittelpunkt zu stellen.

»Lassen Sie mich nun zu jenen unglaublichen Behauptungen kommen, die der Angeklagte aufgestellt hat, ohne dafür auch nur den geringsten Beweis antreten zu können. Wenn er immer wieder anführt, er habe Janek Klaymann ›um der Gerechtigkeit willen‹ umbringen müssen, und sich dabei auch noch auf einen ›göttlichen Auftrag‹ beruft, dann ist das schlicht und einfach der blanke Hohn. Für den Ankläger steht fest, dass Samek Witos einzig und allein aus Hass und Rache und auch aus Neid gegen den erfolgreicheren Schwarzmarktkonkurrenten gehandelt hat. Außerdem: Wodurch ist denn bewiesen, dass es sich bei jenem Geschäft im Jahre 1948 wirklich um Radium gehandelt hat? Und wodurch ist denn objektiv zu belegen, dass Janek Klaymann den Angeklagten und seine Freunde wirklich betrogen und dann bei den Sowjets denunziert hat? Nein, hier muss einer zur Rechenschaft gezogen werden, der aus Niedertracht einen Mord begangen hat. Die Verteidigung wird mir vorhalten, dass ich die psychologische Situation des Angeklagten und die psychischen Auswirkungen, die bei ihm ihre Spuren hinterlassen haben, nicht ausreichend in Betracht ziehe. Dem ist nicht so, und das möchte ich nachdrücklich betonen. Deshalb plädiere ich auch nicht für eine lebenslängliche Haftstrafe, sondern stelle folgenden Antrag: Der Angeklagte ist wegen vorsätzlicher Tötung, unter Berücksichtigung einer verminderten Zurechnungsfähigkeit leichten bis mittlerem Grades, zu sieben Jahren Zuchthaus, drei Jahren Ehrverlust und fünfzehn Jahren Landesverweisung zu verurteilen. Der Angeklagte hat die Kosten des Verfahrens zu tragen.«

»Danke, Herr Staatsanwalt«, sagte der Richter, doch Spörri blieb stehen. Er deutete auf den Mittfünfziger in der zweiten Sitzreihe, den Beat Studer bereits in der Verhandlungspause zusammen mit dem Ankläger im Flur gesehen hatte.

»Dort hinter den Zeugen sitzt ein Mann, der für sich Gerechtigkeit verlangen kann.«

Das Plädoyer war zwar abgeschlossen, doch der Richter unterbrach Spörri nicht.

»Dieser Mann ist das einzige überlebende Mitglied der ausgerotteten Familie Klaymann«, fuhr der Staatsanwalt fort. »Er ist ein Onkel des ermordeten Janek, umgebracht von eben jenem Witos, über den wir hier zu Gericht sitzen. Dieser Onkel lebt heute in bescheidenen Verhältnissen in Brasilien. Und doch hat er es sich mit Unterstützung von Freunden, die seinen Flug bezahlt haben, nicht nehmen lassen, persönlich zur heutigen Verhandlung nach Zürich zu kommen. Er hat mich durch seinen Anwalt wissen lassen, dass Witos verpflichtet werden müsse, für Schadenersatz und Genugtuung einen symbolischen Betrag von je hundert Franken zu bezahlen.« Triumphierend schaute Urs Spörri zu Beat Studer, der sich Notizen machte. »Ich bitte das hohe Gericht, diesem Antrag zu entsprechen.« Jetzt setzte sich der Staatsanwalt und machte einen zufriedenen Eindruck.

Beat Studer stand nur langsam auf, als ihn der Vorsitzende Richter um sein Plädoyer bat. Er blickte zuerst zu den Zuschauerbänken, sah Lena, Freddy Guggenbühler und

in der letzten Reihe Moy Grünbaum, den Zaddik, der ihm aufmunternd zunickte.
»Aus den Vernehmungsprotokollen, aber auch durch die Einlassungen meines Mandanten hier vor diesem Hohen Gericht«, begann der Verteidiger, »ist eindeutig klar geworden, dass wir in diesem Fall keine herkömmlichen Maßstäbe anlegen können. Ich will den Lebensweg von Samek Witos nicht noch einmal in allen Einzelheiten beleuchten, er ist umfassend dargestellt worden. Aber ich darf annehmen, meine Herren Richter, dass Sie verstehen, weshalb mein Mandant nach seinem Temperament und seiner alttestamentarischen Erziehung Gerechtigkeit fordern musste, denn nach seiner Überzeugung hat Klaymann die Deportation seines Freundes Berkowitsch und dessen damaligen Geschäftspartners Ribac verschuldet. Und das war nicht nur seine Ansicht, sie wird durch die Aussagen von Zeugen in Berlin eindeutig bestätigt. Die Protokolle liegen Ihnen vor.«
»Zeugen, die wir nicht kennen«, spottete Spörri und achtete nicht auf den tadelnden Blick des Richters.
»Sie haben ihre Aussagen vor den dortigen Justizbehörden gemacht«, warf Studer ein. »Und haben Sie, Herr Staatsanwalt, etwa nicht die Ihnen aus Paris zugespielten schriftlichen Angaben zu Klaymanns Person den Prozessakten beigefügt? Wobei mich allerdings verwundert, dass Sie heute hier mit keinem Wort darauf eingegangen sind. Das sollte das hohe Gericht bei seiner Urteilsfindung bedenken.«
Beat Studer wandte sich wieder dem Richtertisch zu.
»Über die Tat«, fuhr er fort, »über die Vorgeschichte und alles andere ist ausführlich gesprochen worden. Wenn der Staatsanwalt der Meinung ist, mein Mandant habe aus

niedrigen Beweggründen gemordet, dann bitte ich Folgendes zu bedenken: Warum hat er sich dann freiwillig gestellt? Da es keine Tatzeugen gab, hätte er doch unerkannt entkommen können. Was hätte ihn daran gehindert, ins nächste Flugzeug zu steigen und nach Israel oder sonst wohin zu fliegen? Das hat er nicht getan und ich bitte, dies bei der Strafbemessung zu berücksichtigen.«
Der Richter schrieb etwas auf und blickte danach den Verteidiger beinahe verständnisvoll an.
»Jetzt möchte ich aber ...«, Studers Körper straffte sich, und er reckte das Kinn vor, »zu etwas Grundsätzlichem kommen. Da ist zwar auf Schweizer Boden ein Mord geschehen, aber kein Bürger unseres Landes war daran beteiligt oder davon betroffen. Hätte man sich also nicht den ganzen Prozess sparen und den Täter nach Israel ausweisen können? Schließlich ist er Israeli, und das Opfer war es auch.«
Im Saal entstand Unruhe, als Staatsanwalt Spörri mit der flachen Hand auf den Tisch schlug. »Das ist doch wohl die Höhe«, rief er dem Richter zu.
»Unterbrechen Sie den Herrn Verteidiger bitte nicht. Lassen Sie ihn ausreden.«
»Jetzt kommt für mich aber die entscheidende Frage.« Studer hielt kurz inne, als müsste er sich noch einmal voll konzentrieren. »Haben wir Schweizer im Fall Witos das Recht, uns als Richter aufzuspielen?«
Die Erregung im Gerichtssaal nahm wieder zu und vereinzelt waren Zwischenrufe zu hören: Unglaublich! Unverschämt! Doch Beat Studer ließ sich nicht aus der Ruhe bringen.
»Jüdische Menschen wie er«, er zeigte auf Witos, »sind in ungezählten Fällen an unseren Grenzen zurückgewiesen

und in den sicheren Tod getrieben worden, als sie vor den Nazi-Schergen flohen und unseren Schutz brauchten.«

Wieder entstand Unruhe, die sich erst legte, als der Richter mit der Räumung des Saales drohte.

»Und diese Flüchtlinge trugen an ihrer Kleidung einen gelben Davidstern. Man sollte sich hier und jetzt daran erinnern, dass der damalige Leiter der Eidgenössischen Fremdenpolizei für dieses Kainszeichen mitverantwortlich war. Er hatte in Berlin darauf gedrängt, die Pässe der deutschen Juden mit einem ›J‹ zu versehen. Das alles sollten wir nicht vergessen, wenn wir über Samek Witos richten.«

Beat Studer wusste, dass er sich mit dem, was er jetzt noch sagen würde, keine Freunde machen würde. Aber das war ihm gleichgültig, sein Vater hätte nicht anders gehandelt.

»Gestatten Sie mir, Herr Vorsitzender, noch eine ganz persönliche Bemerkung. Ich bedauere die Haltung meines Landes gegenüber den Nationalsozialisten. Und das umso mehr, als die Schweiz einen Mann hervorgebracht hat, dem Menschlichkeit oberstes Gebot war: Henri Dunant. Seine Ideale haben wir verraten, das heißt Menschenleben zu retten.«

Studer machte eine kurze Pause, um seine Worte auf den Richter, die Beisitzer und die Zuhörer, von denen man einigen ihre Betroffenheit ansehen konnte, wirken zu lassen.

»Ich komme zum Schluss und betone noch einmal: Mein Mandant hat seine Tat nicht aus niedrigen Beweggründen begangen. Obschon Witos in den sechs Jahren vor dem 15. April 1954, bedingt durch seinen Glauben, immer wieder in Gewissenskonflikte geraten ist, hat er sich letztlich doch zur ›Privatjustiz‹ entschlossen, nachdem sich Klaymann ständig geweigert hatte, vor einem Din Thora zu erscheinen. Deshalb, Hohes Gericht, sollten Sie dem Angeklagten achtenswerte Beweggründe zubilligen. Da ich nach Lage der Dinge nicht auf Freispruch plädieren kann, bitte ich Sie um ein mildes Urteil. Nach meiner Auffassung wären zwei Jahre Zuchthaus, unter Anrechnung der Untersuchungshaft, angemessen.«

Jetzt schüttelte der Staatsanwalt den Kopf, blickte zu Studer und musste an sich halten, um sich nicht mit dem Finger an die Stirn zu tippen.

»Angeklagter, Sie haben das letzte Wort.«

»Mein Rechtsanwalt hat alles gesagt«, antwortete Samek Witos, »mehr gibt es nicht zu sagen.«

»Das Gericht zieht sich zur Beratung zurück.«

Es war schon später Nachmittag, als die Richter den Saal verließen, und manch einer befürchtete schon, das Urteil würde heute nicht mehr verkündet.

»Gut gemacht, mein Schatz«, lobte Lena Beat Studer, der eine abwehrende Handbewegung machte und erwiderte: »Das ist mein Beruf, mehr nicht.«

»Ich kann Fräulein Lena nur zustimmen«, mischte sich der Untersuchungsrichter ein. Um nicht weiter über den Prozess zu reden und über den Schuldspruch zu spekulieren, unterhielten sich die drei über den Schabbat-Ausklang bei Bankier Dreyfuß, doch Studer war nicht so recht bei der Sache. Seine Gedanken waren bei Samek Witos, und er hoffte, dass man ihm Milde angedeihen ließ.

»Die Verhandlung wird fortgesetzt«, verkündete der Gerichtsdiener und blieb an der Tür stehen, bis Lena als Letzte den Saal betreten hatte.

»Es ergeht folgendes Urteil: Der Angeklagte Samek Witos wird wegen vorsätzlicher Tötung zu sieben Jahren Zuchthaus, abzüglich 546 Tage Untersuchungshaft, drei Jahren Ehrverlust und fünfzehn Jahren Landesverweis verurteilt. Er hat die gesamten Kosten des Verfahrens zu tragen. Nehmen Sie bitte wieder Platz.«
Samek Witos hatte dem Richter aufmerksam und ohne jede Regung zugehört. Beat Studer, der ihn von der Seite beobachtete, war sich nicht im Klaren, ob sein Mandant überhaupt verstanden hatte, was da über ihn verhängt wurde. Er selbst war über die Höhe der Strafe entsetzt und hielt sie für völlig unangemessen. In der Urteilsbegründung wurde nach seiner Meinung Witos' leidvolle Vergangenheit viel zu wenig berücksichtigt. Daran änderte auch nichts, dass der Richter davon sprach, der Angeklagte habe sich in ›außerordentlicher Aufregung‹ befunden und sei davon überzeugt gewesen, dass Klaymann tatsächlich betrogen und denunziert habe.
»Das aber ist nicht als entschuldbar im Sinne des Gesetzes anzusehen«, erläuterte der Richter, »und man kann die Tat auch nicht unter dem Titel ›achtenswerte Beweggründe‹ betrachten.« Witos habe wissen müssen, dass eine ›Privatjustiz‹ – auch wenn er glaubte, ›im Namen der Gerechtigkeit‹ zu handeln –, nämlich die Tötung eines anderen Menschen in einem Rechtsstaat unzulässig und strafbar ist. Nein, es ist festzuhalten, dass die Tat neben »ehrlichem« Hass und Rache auch aus Neid gegen den erfolgreicheren Schwarzmarktkonkurrenten und also aus egoistischen Triebfedern geschah.
Lena musste an sich halten, um nicht laut aufzulachen, als Witos auch noch verpflichtet wurde, dem aus Brasilien angereisten Onkel des Ermordeten hundert Franken

Schadenersatz zu bezahlen. Die Forderung auf Leistung einer symbolischen Genugtuungssumme wurde dagegen auf den Weg des Zivilprozesses verwiesen, da nicht nachgewiesen sei, dass tatsächlich enge Beziehungen zwischen diesem Onkel und dem Getöteten bestanden hätten, die eine Genugtuungssumme gerechtfertigt hätten.
»Die Sitzung ist geschlossen.«

XIV.

Der Tag nach dem Urteil war für Lena nicht wie die Zeit davor, denn ihre Gedanken kreisten um nichts anderes als um die verhängte Strafe über Samek Witos, den sie zum ersten Mal gesehen hatte, als er auf der Anklagebank saß. Zwar hatte Beat Studer ihr in den vergangenen anderthalb Jahren oft und ausführlich von seinem Mandanten erzählt, aber ein genaues Bild hatte sie sich nicht von ihm machen können. Jetzt aber ging er ihr nicht mehr aus dem Kopf und sie konnte nicht begreifen, dass Studers Plädoyer vom Gericht so wenig berücksichtigt und über seinen Antrag auf zwei Jahre Haft so weit hinausgegangen worden war. Wenn ihr die jüdische, orthodoxe Welt, in der Samek Witos von Kindheit an gelebt hatte, auch fremd war, konnte sie sich doch in den Täter hineinversetzen und die Motive, die zum Mord an Janek Klaymann geführt hatten, verstehen, auch wenn sie ihn nicht guthieß. Aber vielleicht irre ich mich auch und bin nur darüber verärgert, dachte sie, dass Beat vor den Richtern unterlegen ist. Sie hatte in der Vergangenheit keine Veranlassung gehabt, sich mit der jüdischen Religion zu beschäftigen, wenngleich in ihrem Elternhaus auch oft Juden zu Gast gewesen waren. Selbst Beats Kenntnisse des jüdischen Lebens und des Jiddischen hatten in ihren gemeinsamen Stunden keine Rolle gespielt.
Die Verhandlung vor dem Züricher Obergericht war von

der Öffentlichkeit kaum wahrgenommen worden, und die Mehrheit der Zuhörer im Gerichtssaal hatte wohl aus Journalisten bestanden. Umso mehr war Lena darüber enttäuscht, dass die »Neue Zürcher Zeitung«, die zu ihrer ›Pflichtlektüre‹ zählte, in ihrer Ausgabe Nr. 2715 auf Seite 8 an diesem 14. Oktober 1955 verhältnismäßig wenig über den Prozess berichtete. Doch dann las sie am Schluss des Artikels:

> Wir werden auf diesen ungewöhnlichen Prozess, der zweifellos im schwurgerichtlichen Verfahren speziell in seinen vielfältigen Hintergründen besser hätte durchleuchtet werden können, in einer der nächsten Ausgaben ausführlicher zurückkommen.

Während Lena wenige Tage später in ihrer Küche das Frühstück zubereitete, saß Beat Studer im angrenzenden Wohnzimmer in einem der beiden bequemen Ledersessel. Auf seinen Knien lag die Morgenausgabe der »Neuen Zürcher Zeitung« vom Mittwoch, dem 19. Oktober 1955, in der unter dem Titel »Tötung aus Gerechtigkeitswahn« auf den Seiten 4 und 5 in aller Ausführlichkeit die Vorgeschichte des Mordprozesses dargestellt und am Ende angemerkt wurde:

> Im Zusammenhang mit der gerichtlichen Beurteilung von Tötungsdelikten haben wir uns in letzter Zeit wiederholt dafür eingesetzt, daß das Rechtsgut Leib und Leben eine »Aufwertung« erfahre. Wir bilden uns nicht ein, dass sich das Obegericht dadurch hat beeinflussen lassen und im heutigen Fall »ein Exempel statuieren« wollte. Es wäre dafür ein denkbar ungeeigneter Fall gewesen. Wir wollen keine Vermutungen darüber äußern, weshalb das Gericht in diesem Fall eine im

Vergleich zu anderen Fällen *relativ schwere* Strafe ausgesprochen hat. Das Gericht hat betontes Gewicht auf die Feststellung gelegt, dass objektiv weder das Vorhandensein des Radiums in jener Kiste des unbekannten »Professors«, noch ein Betrug, noch eine Denunziation durch Klaymann nachgewiesen sei, doch mußte es anerkennen, dass Witos *subjektiv* davon überzeugt war. Das darf bei der Bewertung seines subjektiven Verschuldens nicht übersehen werden, das wegleitend für die Strafzumessung sein soll.

Vor allem aber hat man das unbestimmte Gefühl, das Gericht sei sich vielleicht doch zu wenig bewusst gewesen, dass es einen speziell in den Motiven ganz ungewöhnlichen Fall zu beurteilen hatte, vielleicht waren diese Motive sogar so ungewöhnlich, dass ein schweizerischer Richter sie sich überhaupt nicht richtig vorstellen konnte. Witos wollte nichts für sich, er wollte nur »Gerechtigkeit« für seine Freunde, er fühlte sich, nach dem Grundsatz »Auge um Auge, Zahn um Zahn« verpflichtet, diese »Gerechtigkeit« selbst herbeizuführen, nachdem er während Jahren buchstäblich alles geopfert hatte, um Klaymann vor ein »Din Thora« zu bringen. Man weiß zwar nicht mit Sicherheit, ob er sich mit einem allfällig zugunsten Klaymanns lautenden Spruch des »Din Thora« abgefunden hätte, doch spielt das heute keine Rolle, da sich Klaymann trotz allen Aufforderungen nicht gestellt hatte. In diesem Moment fühlte sich Witos nicht nur berechtigt, sondern aus seiner Vorstellungswelt heraus verpflichtet, zur »Privatjustiz« zu greifen. Zweifellos hat Samek Witos durch die Tötung Klaymanns ein schweres Verbrechen begangen, das nach unseren Gesetzen bestraft werden muss, aber subjektiv kann man nicht von einem so schweren Verschulden sprechen, wenn ein Mensch sich aus *falsch verstandenem Pflichtgefühl* derart für seine unglücklichen Freunde einsetzt. Das Obergericht hat von ehrlichem Hass gesprochen, der keine gemeine Gesinnung verrate. Bei aller Abscheu vor einem Tötungsdelikt muss man doch eine solche Freundesliebe achten, wenn sie sich zu einem eigentlichen Gerechtigkeitswahn übersteigert.

Beat Studer schob Lena die Zeitung über den Tisch und beobachtete sie, während sie langsam las. Nach einigen Zeilen hob sie den Kopf und schaute zum Fenster, als müsste sie über den Text nachdenken. Ja, dachte sie, der Autor hatte es erkannt: Die Tatmotive waren wirklich so ungewöhnlich, dass ein Schweizer Richter sie sich überhaupt nicht richtig vorstellen konnte. Sie legte den Artikel beiseite und da fiel ihr ein, dass sie Beat am vergangenen Abend gar nicht danach gefragt hatte, wie Samek Witos' Reaktion auf das Urteil gewesen war.
»Ich habe ihn nur ganz kurz sprechen können«, antwortete Studer. »Er war völlig gefasst, wirkte sogar irgendwie zufrieden, als ob er nun endlich seine Ruhe gefunden hätte.«
»Meinst du wirklich? Sieben Jahre sind eine lange Zeit.«
»Das stimmt schon. Aber er wird sie sicher nicht voll absitzen, und ich habe ihm versprochen, mich um eine vorzeitige Entlassung zu bemühen ...«
»... und denkst du nicht an eine Revisionsverhandlung?«, unterbrach ihn Lena. »Wenn man die heutige NZZ liest, könnten andere Richter die Strafe vielleicht herabsetzen.«
»Daran glaube ich nicht«, erwiderte Beat Studer. »Und

außerdem, das würde die bisherigen Prozesskosten noch mal in die Höhe treiben. Ich rechne damit, dass man ihn in gut zwei Jahren aus der Haft entlässt. Weißt du, er machte auf mich den Eindruck, als würde er aus der Tatsache, dass Gott seinen Arm nicht verdorren ließ, die Kraft nehmen, das weltliche Urteil zu akzeptieren.«
»Apropos, Prozesskosten«, sagte Lena. »So viel kann er im Zuchthaus doch gar nicht verdienen, um sie bezahlen zu können.«
»Daran habe ich natürlich auch schon gedacht, und ich werde darüber mit Herrn Dreyfuß reden, vielleicht kann er helfen.«

»Sie hätten sein Gesicht sehen sollen«, lachte Joseph Dreyfuß, als er nachmittags in Studers Kanzlei kam, »verdutzt ist noch ein gelinder Ausdruck.«
Nach der Urteilsverkündung hatte der Bankier Urs Spörri und Klaymanns Onkel vor dem Gerichtsgebäude im Gespräch gesehen und da konnte er nicht anders, als in seine Brieftasche zu greifen, einen 100-Franken-Schein herauszunehmen und ihn dem aus Brasilien Angereisten wortlos in die Hand zu drücken.
Jetzt musste auch Studer lachen, rief nach Frau Mädler und bat um Kaffee. Als sie sich gesetzt hatten, kam der Anwalt auf den eigentlichen Grund zu sprechen, weshalb er Dreyfuß zu sich gebeten hatte.
»Ich bitte Sie«, sagte der Bankier ohne Zögern, »das ist doch eine Selbstverständlichkeit.« Und dann fügte er hinzu: »Betrachten Sie es als eine Art Wiedergutmachung.«
»Die Summe wird nicht unbeträchtlich sein«, gab Studer zu bedenken, doch Dreyfuß winkte ab:
»Dann wird die Gemeinde dieses Jahr eben auf meine

Spende verzichten müssen.« Der ironische Tonfall war nicht zu überhören.

Als Frau Mädler den Kaffee eingegossen und das Büro wieder verlassen hatte, wollte Beat Studer wissen, ob nun, nach Abschluss des Verfahrens und der über Samek Witos verhängten Strafe, der »Bann« über den Verurteilten aufgehoben würde.

»Nein«, schüttelte Dreyfuß den Kopf, »es gilt auch weiter: E Jid schießt nicht auf e Jid. Daran ändern die sieben Jahre Zuchthaus nicht das Geringste.«

»Aber in der Synagoge hat der Rabbiner doch mit ihm gesprochen«, warf Studer ein.

»Das musste er tun, Verehrtester, denn in einem Gotteshaus darf er selbst einem Mörder seinen Beistand nicht verweigern. Aber im Zuchthaus wird Samek Witos in den nächsten Jahren allein sein, niemand wird sich um ihn kümmern.«

»Vielleicht doch«, meinte Beat Studer, »ich bin sogar ganz sicher. Der Zaddik wird ihn nicht im Stich lassen.«

»Der gute alte Grünbaum«, antwortete Dreyfuß. »Da mögen Sie Recht haben. Wie bewerten Sie eigentlich das Urteil?«

»Ich will das Gericht nicht kritisieren, aus ihrer Sicht konnten die Richter gar nicht anders ...«

»... oder wollten es nicht«, unterbrach ihn der Bankier.

»Haben Sie die NZZ gelesen?«, fragte Studer. »Dort ist eigentlich alles gesagt.«

»Ich frage mich allen Ernstes«, meinte Dreyfuß, »wie das Urteil ausgefallen wäre, wenn es sich um einen Schweizer Juden gehandelt hätte.«

Beat Studer schwieg. Würde man vor Gericht wirklich einen Unterschied zwischen einem Eidgenossen und ei-

nem Ausländer machen, überlegte er, kam aber zu keinem Ergebnis. Ein solcher Fall war eben noch nicht eingetreten, und Spekulationen brachten nichts.
»Sie sagen ja nichts«.
»Ich kann mich dazu nicht äußern, beim besten Willen nicht, ein Tötungsdelikt dieser Art hat es bei uns noch nicht gegeben.«
»Stimmt«, pflichtete Dreyfuß bei, »aber ich glaube doch, dass ein Jude aus Zürich, Genf oder Basel mit einer geringeren Strafe davongekommen wäre. Sie werden mir doch zustimmen, dass man bei uns nicht gerade fremdenfreundlich ist.«
»Außer wenn ein Fremder mit dicker Brieftasche in einem teuren Hotel absteigt und bei uns Geschäfte oder Ferien macht«, lautete die sarkastische Antwort.
»Selbst ein prall gefüllter Geldbeutel ist für einen Juden hierzulande noch keine Eintrittskarte«, kam es ebenso bissig zurück.
»Wie soll ich das verstehen?«, Beat Studer hob die Augenbrauen.
Joseph Dreyfuß drehte die Zigarre zwischen Daumen und Zeigefinger und schaute nachdenklich vor sich hin, bis er schließlich sagte: »Kennen Sie vielleicht den Golfklub in Zumikon? Ja? Versuchen Sie mal, als Jude dort Mitglied zu werden.«
»Das glauben Sie doch wohl selbst nicht?«
»Lassen Sie's doch auf einen Versuch ankommen, Sie werden Ihr blaues Wunder erleben.« Der Bankier stand auf. »Es wird Zeit für mich, Herr Studer, halten Sie mich auf dem Laufenden. »Als er die Türklinke schon in der Hand hatte fügte er hinzu: »Und wenn die Prozesskostenrechnung eintrifft, schicken Sie sie mir einfach zu.«

Samek Witos war im Zuchthaus ein einsamer, aber stolzer Gefangener, der sich von den übrigen Häftlingen fern hielt. Deshalb hatte er Beat Studer auch gebeten, den Zuchthausdirektor zu ersuchen, nicht in einer der Haftanstalt angeschlossenen Werkstätten, sondern in seiner Zelle arbeiten zu dürfen. Der Wunsch wurde erfüllt, und so faltete er Pappschachteln für ihm unbekannte Firmen. Den Wärtern gegenüber war er höflich, aber nicht unterwürfig, und wenn er einen Wunsch hatte, äußerte er ihn ruhig, jedoch mit aller Bestimmtheit. Die Vollzugsbeamten ihrerseits ließen ihn nicht spüren, dass sie es mit einem verurteilten Mörder zu tun hatten, und machten sich nicht lustig über ihn, wenn er morgens, in seinen Tallit gehüllt, betete. Und am Schabbat ließen sie ihn nach Sonnenuntergang in Ruhe und störten ihn auch nicht am Samstag, wenn er auf seinen Hofgang verzichtete und in der Thora las, die ihm Moy Grünbaum schon bei seinem ersten Besuch unaufgefordert mitgebracht hatte. Er legte keinen Wert auf Kontakte zu den anderen Sträflingen und gab nur einsilbige oder gar keine Antworten, wenn er mit ihnen beim Hofgang in Kontakt kam. Nur wenn der eine oder andere ihn einen Mörder nannte, dann traf ihn das hart und reizte ihn zum Widerspruch. Das war er seiner Ansicht nach nicht und der genesene Arm war dafür der beste Beweis, aber er wusste in solchen Augenblicken auch, dass er das den anderen nicht erklären konnte.

Nur der Zaddik, der fromme alte Chasside, der Kaninchenschächter aus der Freigutstraße, brachte ihm Verständnis entgegen und »nahm ihn an sein Herz«, wie er es bezeichnete, wenn er auf seine Besuche in der Haftanstalt angesprochen wurde. Es dauerte nicht lange, bis man in der Jüdischen Gemeinde davon erfuhr, dass er Samek Witos betreute, aber niemand, auch der Rabbiner nicht, getraute sich, ihn deshalb zur Rede zu stellen. Man ging darüber hinweg, als wüsste man von nichts, und Moy Grünbaum seinerseits schwieg sich aus. Aber er sprach sogar mit dem Zuchthausdirektor und erreichte, dass Samek Witos koscheres Essen bekam – so weit das überhaupt zu überprüfen war, denn in der Küche wachte kein Rabbiner darüber, ob Milchiges von Fleischigem getrennt wurde.

Aber es gab Tage, an denen der Häftling jegliche Nahrung verweigerte, seine Zelle wie eine Mönchsklause auf dem Berg Athos betrachtete und Zwiesprache mit seinem Herrn – gepriesen sei sein Name! – hielt und ihn immer wieder bat, Stanislaw Berkowitsch zu sich zu nehmen und ihn nicht länger in Sibirien »verfaulen« zu lassen.

Immer wenn Grünbaum bei ihm gewesen war, fühlte sich Witos wie nach einem reinigenden Bad, dann war die Erinnerung an die Tat in der Freiestraße für eine Weile vergessen. Und auch die Symptome der »verdorrenden« Hand blieben verschwunden, die in der Untersuchungshaft erlittenen, fast unerträglichen Schmerzen kehrten nicht zurück, er konnte seinen rechten Arm bewegen, als wäre nie etwas gewesen. Doch in vielen schlaflosen Nächten holte ihn die Vergangenheit ein, und da tauchten all die Bilder wieder auf, die den Schüssen vom Gründonnerstag 1954 vorausgegangen waren, und diese Bilder reichten weit zurück. Da sah er sich nackt beim ersten Besuch der Badestube, als man ihn vor der Einkleidung als Soldat in der nationalpolnischen Armee des Generals Sikorski als Beschnittenen, als Juden erkannte und mit Schimpf und Schande davongejagte. In der dunklen Zelle glaubte er manchmal, den Pass mit dem Namen Jerzy Casjan, den er dann annahm, in Händen zu halten. Und immer wieder war ihm, als fühlte er die Halskette mit dem Kreuz auf seiner Brust. Die Tarnung hatte dann doch nichts genutzt – ebenso wenig wie der neue Name –, sodass er schließlich doch aus dem fahrenden Zug geworfen wurde. Den langen Weg nach Samarkand sah er vor sich, wo er endlich als Kämpfer gegen die Deutschen in die russisch-polnische Armee Wassiliewsky eintreten konnte.

Als er eines Nachts im Schlaf laut aufschrie, fragte ihn der Wärter nach dem Grund und da öffnete sich Samek Witos einem völlig Fremden. Mit fast tonloser Stimme erzählte er ihm am nächsten Morgen, dass er – damals gerade achtzehn Jahre alt – beim Vormarsch der Armee Wassiliewsky nach Westen an seinem Heimatstädtchen Luzk vorüberkam und für zwei Stunden einen kurzen Urlaub erhielt. Von einem Überlebenden erfuhr er damals, dass fast alle 18000 Juden, die den Ort einst geprägt hatten, darunter auch seine Eltern, von den Deutschen massakriert und in drei Massengräbern verscharrt worden waren. Deren Anblick hatte ihn beinahe um den Verstand gebracht, schloss Samek Witos seinen Bericht. Davon habe er letzte Nacht geträumt.

Von diesem Tag an genoss er beim Wachpersonal fast so etwas wie Respekt, und auch beim Hofgang war nie mehr das Wort »Mörder« zu hören.

Beat Studer besuchte Samek Witos von Zeit zu Zeit im Zuchthaus und mit Unterstützung des Untersuchungsrichters Guggenbühler, aber auch des damaligen Vorsitzenden des Obergerichts, erreichte er, dass der Häftling tatsächlich nach der Hälfte der Strafverbüßung vorzeitig entlassen wurde, wobei seine gute Führung berücksichtigt wurde.

An einem Dienstag Mitte April 1958 wurde Samek Witos unter Bewachung zum Flughafen Zürich-Kloten gebracht, in dessen Abflughalle bereits sein Anwalt, Lena, Freddy Guggenbühler, Joseph Dreyfuß und Moy Grünbaum auf ihn warteten. Als Beat Studer seinen Mandanten in Empfang nahm, blieb der Wachtmeister etwas entfernt von der Gruppe stehen.

»Nun haben Sie's geschafft«, sagte Studer und klopfte Witos auf die Schulter. »Ich kann Ihnen nur noch einen guten Heimflug wünschen.«

Samek Witos brachte zunächst kein Wort hervor, er war überrascht, dass außer Beat Studer noch andere gekommen waren, um ihn zu verabschieden. »Ich weiß nicht«, stammelte er dann, »ich weiß nicht, wie ich Ihnen danken soll«, und drückte mit beiden Händen Studers Rechte. Dann wandte er sich dem Bankier zu, und seine Stimme klang schon wieder etwas fester: »Herr Studer hat mir erzählt, dass Sie meine Prozesskosten übernommen haben; sobald ich in Israel wieder arbeiten kann, werde ich sie Ihnen zurückzahlen.«

»Das werden Sie schön bleiben lassen«, lachte Joseph Dreyfuß auf, »ich müsste das Geld nur wieder an Sie zurück überweisen lassen. Und das wollen Sie mir doch sicher ersparen, oder?« Als Witos etwas einwenden wollte, legte der Bankier seinen Zeigefinger auf die Lippen. »Sagen Sie nichts, nehmen Sie es als Geschenk von Freunden.«

Nachdem Samek Witos sich auch von Lena und den anderen verabschiedet hatte, nahm ihn der alte Chasside

aus der Freigutstraße in die Arme, presste ihn fest an sich und flüsterte: »Masel tov, Samek, masel tov.«
Als Witos vom Justizbeamten begleitet auf dem Weg zur Passkontrolle war, wischte sich Moy Grünbaum die Tränen aus den Augen. Wie die anderen, ging auch er zu dem Fenster, von dem aus man die Startbahn beobachten konnte, und dann sahen sie, wie Samek Witos auf die nicht weit entfernt stehende EL-AL-Maschine zueilte, wobei ihm der Wachtmeister kaum folgen konnte.
Am Fuß der Gangway gab er auch ihm die Hand, blickte dann noch einmal zum Flughafengebäude zurück, erkannte hinter dem Fenster seinen Freund, den Zaddik, und da ballte er die Finger seiner Rechten zur Faust und streckte sie dem Himmel entgegen, als wollte er damit sagen, dass er mit Einverständnis seines Herrgotts – gepriesen sei sein Name! – den Janek Klaymann, den Masser, »um der Gerechtigkeit willen« getötet habe.
Sie warteten, bis das Flugzeug in den Wolken verschwunden war, und gingen dann stumm zu ihren Autos.
»Kann ich Sie mitnehmen, Herr Guggenbühler?«, fragte Beat Studer. »Ich muss sowieso zum Gericht.« Dann griff er nach Lenas Arm, zog sie zu sich heran, hauchte ihr einen flüchtigen Kuss auf die Stirn: »Bis heute Abend, Liebling.«
»Steigen Sie bei mir ein«, forderte Dreyfuß den Zaddik auf, »wohin wollen Sie?«
»In die Synagoge.«

NACHTRAG

So ist Samek Witos aus Luzk, der sich einst als Jerzy Casjan ausgegeben hatte, unseren Blicken entschwunden. In Tel Aviv wurde er unmittelbar nach Verlassen des Flugzeugs von israelischen Polizisten verhaftet und ins Gefängnis eingeliefert. In den folgenden drei Tagen wurden noch einmal alle Umstände, die ihn zum Mörder hatten werden lassen, von einem Untersuchungsrichter nach jüdischem Rechtsverstand geprüft und danach erhielt er endgültig seine Freiheit.
Von da an verlor sich Samek Witos' Spur. Sie löste sich im Nichts auf, wie die Schatten der Beduinen, wenn sie abends vom Kamelmarkt in Beersheba auf dem Weg zu ihren Zelten in der Wüste Negev waren und langsam mit der Dunkelheit verschmolzen.